ZUI

Zestful Unique Ideal

最世文化

Shanghai ZUI co.,Ltd

梅骁

—— 著

夜行列车

ヤコウレッシャ

湖南文艺出版社
HUNAN LITERATURE AND ART PUBLISHING HOUSE

博集天卷
CS-BOOKY

送 给 好 时 光

目 录
contents

套中人

一

沼津的山顶餐厅，透过落地窗，可以把整个沼津都收进眼底。夜色里，四季都弥漫着雾气的沼津，看起来有着影影绰绰的浪漫。

阿南坐在靠窗的位置，抬手看下表，再有十分钟，彦一就会赶到，他向来准时。

在这样一本正经的地方结束一切，是阿南的有意为之，她需要这种仪式感来提醒自己，生活再怎么困顿，也要活得讲究、像样。

一旦下定决心分手，心情倒自在起来，慢悠悠地享受与彦一恋爱的最后时光。

明天起，她就不再是他的女朋友。

新生活近在咫尺，她看着窗外闪过的星光，微微一笑。

"等很久了吧。"彦一擦着额头的汗珠，在她对面坐下。

"我也刚到。"阿南依然微笑。

"先点菜。"彦一招呼服务生。

Night Train

"好。"

吃过饭就说，他看起来这样疲倦，先让他休息一下，最后一餐，不需要那么赶。

这一餐吃得温和快乐，许久未有过。

他们恋爱五年，住在一起三年多，他还完全没有要求婚的意思，阿南觉得自己的青春所剩无几……不，这不是最重要的原因，最重要的是，阿南发现自己开始厌倦他。

那天彦一下班前打电话给她，让她多准备几个菜，有同事要过来做客，她提前下班，买了两大袋食材，走回家时，双手已经酸痛到不行。做了九个菜，又准备好酒和饭后甜点，已经是晚上八点二十。彦一打电话告诉她，他们临时另有安排，不回去了。

语气平静，理所当然。

她觉得生气，不是因为他让她白白浪费力气，而是因为他对她的不尊重，仿佛她的时间就不是时间，她的事业就不值得被重视，她的人生就可以随时因为他而放下。

她不是那种可以没有自己的女人，她努力念书、工作，不是为了像现在这样，变成被男人肆意轻视的附属。

这不是她想要的爱情。

人常说，爱情易逝，平淡是真。她只觉得那是懦弱，是妥协，是无法继续坚守阵地之后的退而求其次。

好的爱情，不该有那么多无可奈何的费尽心力和极力隐忍的歇斯底里。

那天她侧身看着已然熟睡的他，他平和地打着鼾。他是什么时候开始打鼾的?

她厌恶地想。

被他如雷的鼾声吵到无法入睡。

就是在那一天，她决定要和他分手。

她已经没办法再忍受下去。

正巧到了五周年纪念日，彦一约她来山顶餐厅吃饭。好的时间，好的地点，说了分手，自然圆满。

饭菜已经吃得差不多，彦一招呼服务生上甜点。

她的芝士小蛋糕上来了。

嗯，吃完就可以边喝果汁，边聊聊两个人对未来的打算，接着就可以顺势提分手。

这里的芝士依然浓郁到让人充满幸福感，第二勺放进嘴里，她突然咬到一个硬硬的东西。

吐出来，是一枚戒指。

抬起头，彦一已经单膝下跪。

"阿南，你愿意嫁给我吗?"

餐厅里的客人和服务生都注意到了这一对浪漫情侣，全都站起身来，边鼓掌边起哄。

"嫁给他! 嫁给他! 嫁给他!"整齐的起哄声，像一记耳光，狠狠扇在她脸上。

"我愿意。"她咬着牙说。

二

山并不高，下山回家，步行便可。

一路上，彦一兴奋地和她说着关于婚礼的计划，她则想着该如何提分手。

即便是要分手，阿南也不忍心在那么多人面前让彦一难堪，只能先答应下来，回家路上再提。

彦一很高兴，她却一路安静，他越高兴，她就越不知该如何开口。

每次下定决心开口，又被彦一关于未来、婚礼的激动畅想全然击退，她想喝止他的畅想，告诉他那个未来不会有了，可看到他神采奕奕、满脸兴奋的样子，又心生不忍。

但她已经决定不再继续妥协。

她深深呼吸，终于开口。

"我们婚礼可以去个海岛举行……"彦一依然在畅想未来。

"彦一，其实我……"

"不许动！"威吓声从身后传来，有人拿刀抵住了他们。

刀尖凉凉地碰触着她后背的皮肤，她的身体忍不住发抖。

"把钱交出来。"

"你别冲动，钱我们有，都给你，都给你……"彦一慢慢转过身，把手放进口袋里，像是要掏钱包。

"他依然如此软弱……"

阿南心中不禁失望，却见彦一突然反抗，阿南惊叫出声。

劫匪遭遇反抗，被因为急了眼所以气势惊人的彦一吓到，短暂的节节败退后，终于也奋起反击，一时间两个男人扭打在山中路上。

"快报警啊！"彦一冲阿南喊。

劫匪听到，挣扎着要站起身来，向着阿南的方向过去。

彦一立即猛地向前扑去，将劫匪扑倒在地，劫匪见无法触碰到阿南，便又回身攻击彦一，但躺在地上根本无法完全使出力气，手中的刀被彦一一把夺过。

彦一没有丝毫犹豫，双手握住刀柄，猛力向下，一刀捅进了劫匪的胸口。

阿南看到劫匪的四肢在抽搐，全身都在抽搐，血汩汩地从劫匪胸口涌了出来，劫匪喉咙中发出某种兽类的声音。

很快地，劫匪便不再动弹。红色的血缓缓地流到马路上，在昏黄路灯的映照下，格外凄艳惊悚。

阿南的惊叫声响彻整条山路。

三

这是秋野来到沼津的第六年，依然是个籍籍无名的小演员。

"你们都给我等着，我一定会变成大明星，回来证明你们都错了。"

当年他如此决绝地放下狠话，做出年少出走的决定，可放狠话容易，真的做到却是难上加难。

他以为自己不需要着急，他以为自己还年轻，他以为自己天赋异禀，只要安心等待，机会总会来临。

可来到沼津之后才发现，与他怀揣着同一个梦的人太多太多，比他年轻的有，比他有才华的有，比他决绝壮烈的更有，他的勇气在第一次试镜排了五小时的队，最后却被告知人选已经内定时，就已经消磨掉大半。

他坐在马路边，告诉自己，都是暂时的，一切都会好起来的。

可时间过去得越久，他就越发怀疑，这个"暂时"到底还有多久，会不会永远"暂时"下去，会不会他永远都只是一个凄凉的、贫穷的、没人赏识的龙套。

时间慢慢过去，他终究说服了自己，人生大概就是如此。

有梦想的人很多，实现了的人很少；下定决心的人很多，坚持下去的人很少；放狠话的人很多，衣锦还乡的人很少。

人类生命短短不过百年，人人都活得马马虎虎、得过且过，没理由偏偏轮到你独一无二、绽放光芒。

于是他不再恪守自己关于演员的准则，即便是与电影、电视剧没太大关系的演出，他也愿意接。于是有了在养老院里讲笑话的他，中学生课本剧里演古人的他，幼儿园里穿着玩偶外套演大灰狼的他，别人的生日惊喜派对上助兴歌唱的他，离婚案子里被用作甜蜜陷阱去勾引别人太太的他……他终究扮演了形形色色的角色，只不过不是在摄影机前。

他最喜欢去幼儿园，那些平日里讨人厌的小鬼们，变成了最投入的观众，他永远记得，第一次来这里演一个被巫婆诅咒的王子，他本只把这当作一份拿钱走人的工作，却不曾想到，当诅咒下到他身上，他在台上痛苦万分的时候，台下的小鬼们竟都屏住呼吸，双手紧紧握在胸前，目光炯炯地怜惜地盯着倒地的他，好像他们自己就是王子的兄弟亲人。当他终于大仇得报，解除诅咒，干掉巫婆时，小鬼们也真心实意地长舒一口气，笑着为他的胜利击掌欢呼，如同欢庆一个久别重逢的节日。

在他苦撑了这么多年后，舞台上那种妙不可言的轻飘飘的快乐终于降临到他的头上。

结束后，他们把热烈的掌声给他。

他第一次体会到只有在前辈的传说里才会有的聚光灯下被众人注视的巨大满足感。

谢幕时，小鬼们冲上来热情地拥抱他。

重重簇拥里，他错觉自己终于成了大明星，正在被需要，被爱戴，被载入历史、流芳百世。

之后只要幼儿园有演出，他从不推辞，酬劳都不再多谈，因为他太需要这微薄却货真价实的存在感。

更因为他隐秘又心酸地遇到了她。

她是幼儿园的老师。

他人生里从没出现过这样明亮、聪慧、漂亮的女孩子，他以前生活里接触到的，不是野心勃勃的女演员，就是人老珠黄的女老板，从没见过像她这样真心实意热爱生活的女孩子。

她是怎么做到那么知足快乐的呢？

他不知道，他想知道。

他忘记是第几次演出结束后，她拿给他一瓶水。

"辛苦您了。"她笑着说。

"嗯。"他从未有过地害羞起来。

"周末的话……你有空吗？"他问。

"什么？"她没听清。

"听说有个很好看的电影正在上映，想看的话，一起去吧。"他低着头说。

惴惴不安地等了好一会儿，还没收到回应，他忍不住抬起头，她满脸笑容地说："好啊。"

再没有比他们的约会更让人开心的事情了，她不仅温柔漂亮，还聪明博学，聊电影、聊文学、聊未来、聊人生，她统统见解不俗。

他们开始每周约会，他觉得自己简直交了天大的好运，才能遇到这么好的女孩子，而她对他也是一样，每每到各自回家时，他们总是难舍难分。

交往两个月的时候，他们再也不想忍受这样的分离，决定住到一起，于是开始一起看房子，商量如何装扮两个人的新家。

找到合适的房子很难，不过他们不急，慢慢来，他也趁机多攒一些钱，有了值得为之努力拼命的人，连虚无的演员梦都显得没那么重要，他开始留心报纸上的招聘启事，为了两个人共同的未来，找一份稳定的工作，已是势在必行。

为了爱的人而努力，为了爱的人而放弃，他并不觉得惋惜，甚至觉得只做她一个人的巨星，比做世人的巨星，还要更加满足。

又一天结束约会后，回到家，秋野接到老友电话。

"有个演出的活儿，挺急的，但给钱多，来不来。"

"当然来！"

四

大川最近烦得很。

在他的辖区竟然发生抢劫案，而且竟然演变成杀人案，虽然调查过后发现只是正当防卫。

发生抢劫案，说明他的辖区治安不好。

演变成杀人案，说明他的辖区治安不好到有了不怕死的亡命之徒。

这还不算最糟糕，只要能顺利破获，总能邀到功劳一件。

最糟糕的是有不止一个目击者能够证明，被杀掉的才是歹徒，杀人者只不过是正当防卫，连防卫过当都算不上。

杀人者为了保护自己和刚刚求婚成功的女友，夺过歹徒的刀，失手杀死了歹徒。

人证、物证俱在。

也就是说，这案子白白发生了。

歹徒已死，抢劫案没有了，杀人案没有了，他还平白无故落了个治安管理不力的罪名。

世界上再没有比这更让人郁闷的事情了。

大川一个人坐在办公室抽闷烟，他就快退休了，想在退休之前好好办两件案子，然后光荣隐退。

他可不想担着这么个坏名声，灰溜溜地离开警局。

办公室的门被敲响。

"别敲啦！自己进来！"他没好气。

来人是小野，大川看到他那张苦大仇深的脸，更生气了。

"什么事？"

"那个……"

"什么这这那那的，有事说事，没事滚蛋。"大川不耐烦。

"那个……昨晚发生的那件案子刚开始是抢劫，后来变成了杀人，后来又变成了正当防……"

"这些我都知道了！你在啰唆什么！"

"有人说案发时看到现场有我们辖区的警察正在那边巡逻。"小野像是鼓足勇气才说出口。

"哦？然后呢？"

"然后，案件发生之后，劫匪流血倒地，被抢的女生开始尖叫，那个警察就被吓跑了……"

"……"

"有人把这件事捅到了报社。"

"……"

"明天见报。"

"……"

世界上真的有比"抢劫案变成杀人案又变成正当防卫"还要让人郁闷的事情。

五

"沼津警方胆小如鼠，路遇劫案竟落荒而逃。"

加黑加粗的新闻标题就高高地印在报纸上，大川现在担心自己不光是不能光荣退休，怕是连保住现在这个职位都成了问题。

现在全沼津的人都知道他辖区下的警察巡逻时遇到抢劫案，不但没有上前施救，没有勇斗劫匪，反而转身逃跑。

他的脸已然丢尽。

从早晨开始，他就接到数个上层领导的电话，要求他务必把这件事的影响降到最低，一定不能让民众对警方失去信任，一旦信任丧失，警方以后的工作必然无法顺利进行。

他工作这么多年，从没想过在马上就要安全退休的时候，还会遇到这种级别的公关危机。

太让人郁闷了。

全都是那个临阵脱逃的警察害的。

他狠狠地想，一定要把那个家伙揪出来，好好处罚，才算完事。

小野又在敲门，他挥挥手示意他进来，小野这次最好带来的是好消息，不然他随时可能暴走警局。

"查到了？"

"还没……"小野低着头，声音小到几乎听不见。

"不就是个排班表吗？有那么难吗？"

"那个……查过昨天的排班表了，昨晚那条下山路段上根本就没安排警察巡逻。"

"……"

大川猛地把脊背靠在椅子上，深深呼吸，抑制怒火，觉得自己马上就要两眼一翻，气死过去。

又过了煎熬的一天，大川已经快要被大领导们逼疯，可人没找到，案子没进展，公关危机依然无法解决。

他茶饭不思，待在警局盯着各方进度，生怕漏掉案子的突破口。

小野兴冲冲地跑进他办公室。

"案子有大进展！劫匪和杀人者是认识的！"

六

警局的审讯室内，小野与彦一对面而坐。

"我们这不是审讯，只是有些事情想跟你确认一下。"

彦一点点头。

"这个人你认得吧。"小野把劫匪照片推过去。

彦一看了一眼："有点眼熟。"

"他叫安仁，有印象了吗？"

"安仁？"彦一一脸疑惑，又恍然大悟，"我小学同桌的那个阿仁？"

"就是他。"

"他怎么了？"

"他就是那天被你正当防卫时杀掉的劫匪。"

彦一满脸的不敢相信："我们很多年没见了，他小学毕业以后，就因为家人搬家，转学走了，他最近才来电话，说他在做建材生意，出差路过沼津，顺便看看我。"

小野见彦一并未打算隐瞒他们曾联络过的事实，便也不再拖延。

"你承认你们最近电话联络过，对吧。"

"是的，还没来得及约定见面的时间地点。"

"案发当晚，你没认出他？"

"他当时戴着面具，天又那么黑，我怎么可能认得出是他。"

"那后来呢？"

"什么后来？"

"调查案子的时候，为什么你也没有说你们认识。"

"你们根本没再让我看过他啊！"彦一着急起来，"我怎么知道这么多年没见，他会变成劫匪！"

小野帮彦一倒了一杯水："你别急，我也没说什么。所以是说，他当年转学之后，你们这是第一次见面，对吗？"

"是的。"

"好，暂时没事了，再有问题，我们会跟你联系的，总之，麻烦你了。"

彦一点点头，走出警局。

七

转学多年后的第一次见面吗？

并不是。

他上一次见到阿仁是去接阿南下班的时候。

这两年，他工作忙碌，应酬变多，留给阿南的时间越来越少，他知道他们出了问题，可他觉得自己也是在为他们共同的未来而努力，阿南没有理由怪他。

可他还是感觉到阿南对他的态度越加冷淡。

回到家没有热饭菜，没有放好的洗澡水，与她讲话，她也多是敷衍了事。他知道错在自己，便想多做补偿。

那天他想要给她个惊喜，打算去幼儿园门口接她下班，然后带她去吃大餐。

结果还未等他走近，就远远看到她被一个男人接走了，那个男人转身的瞬间，他看到了阿仁的脸。

他打电话给她，问她什么时候下班。

她说在加班，会晚点回家。

面不改色地说谎。

彦一挂断电话，一路悄无声息地跟随他们来到不远处的咖啡馆。

他们坐在咖啡馆里说说笑笑，阿仁不时俯身偷看。

是在接吻吗？是在调情吗？大庭广众之下，就这么急不可耐吗？

彦一站在马路对面，握紧拳头，觉得童年噩梦重新回归。

小学时，他与阿仁做了六年同桌，阿仁样样比他好，不仅如此，阿仁还以抢夺他的东西为乐。阿仁明明说过他对参加数学竞赛根本不感兴趣，但看到彦一报名，他也要报名，生生挤掉彦一的名额，还笑眯眯地说，就是想多跟彦一在一块。知道彦一喜欢隔壁班的女生，就抢先约她出来，开始追求，直到对方变成他的女朋友，还大声感叹，他们两个怎么连看女生的眼光也一样呀。甚至来家里做客的次数多了，连彦一的爸爸妈妈都似乎更加喜欢阿仁。彦一觉得，如果让阿仁代替他去当他们的儿子，他们一定二话不说，立刻交换。

所以当阿仁说要转学的时候，彦一开心极了。

终于不用再被他抢夺一切，终于不用再跟他分享一切。

很长一段时间里，彦一都深深感谢着他当年的离开。

可现在他回来了，不仅回来，还要抢走自己交往多年的女友。

不可原谅。

都已经成了大人，他一旦回来，便必然不会像小时候那样轻易离开，一想到又要过被他抢走一切风采的日子，彦一就如坐针毡，烦躁不安。

不行，一定不能让这种事再次发生。

他盯着咖啡馆里笑得正开心的阿仁想。

隔天，他接到了阿仁的电话，他说他出差路过沼津，希望能够和彦一见面。电话中，阿仁为他年少时的种种行径道歉，说自己以前年纪小不懂事，做了许多不成熟的事情，也许有伤害到彦一，让他不要往心里去，希望他们能够重新成为朋友。

"也许"两个字彻底惹毛了彦一。

不快乐的童年，没有安全感的青春期，直到成年才渐渐对别人、对世界产生信任，对你来说，居然只是一个轻飘飘的"也许"吗？

彦一无法接受这样的道歉，但话锋一转。

彦一说，他要跟阿南在山顶餐厅求婚，如果成功了的话，希望阿仁配合他，装作拦路抢劫的蒙面劫匪，让他在阿南面前逞一次英雄。他与阿南已经恋爱多年，早没有了当初热恋时的激情，他在阿南眼里，似乎已经变成一个了无生趣的中年男人，他希望能够让阿南意识到，他仍旧是一个勇敢的年轻男人，依然能够为她奋不顾身。

是不是个很浪漫的计划？

阿仁听得格外兴奋："我们好多年没有一起做过什么事了！你放心！我一定全力帮你！"

彦一心里冷笑一声，最好是这样。

那一晚的事情都在他的预料当中，他原本就想要在这一场作假的抢劫案中以正当防卫的名义，将阿仁杀掉。彦一要将他永远地驱逐出自己的人生，让他从此以后再也没有机会来夺走自己珍视的东西。

彦一没料到求婚会成功，阿南在整个餐厅顾客与服务生的起哄见证下，用力地答应，含泪戴上戒指。

彦一以为阿南是回心转意，重新发现了他的好。

回家路上，他才发觉，阿南的答应或许只是怕他在众人面前难堪，阿南依然在寻找机会，想要提分手，但他没有给她机会。

他时时想着新的话题，新的畅想，不许她多讲话。只要她一开始摆出愧疚的分手脸，他就立刻把话题转向婚礼要怎么办才能更加精彩难忘。

那感觉就像是双手捧着一个刚刚粘好的玻璃杯，一不小心就会碎裂，他焦灼到胃部有些抽痛。

夜行列车

他已经不想再这样卑微地说那些不着边际的关于婚礼、关于未来的瞎话了。他的心就在这样难熬的等待里，一点点沉了下去。

　　太可怜了，这样卑微地想要抓住一点爱情的自己，太可怜了。

　　只要撑到阿仁登场就好，给了他教训，让他离开沼津，阿南便没了后路，那她就依然是他的。

　　再撑一下，就好。

　　"彦一，其实我……"

　　他慌忙打断她："我们的婚礼啊……"

　　"不许动！"

　　阿仁的声音终于响起。

　　彦一挡在阿南身前，拦住来自阿仁其实并不真实的攻击。

　　两个男人扭打在山中路上，翻滚在泥土灰尘中，扭打完毕，接下来的戏份该是阿仁站起身来，慌张逃窜。

　　看着正准备起来转身逃走的阿仁，彦一突然就不想放过他了。就在那个瞬间，阿南刚刚那副欲言又止的样子出现在他的脑海中。

　　阿南还在犹豫啊。

　　那不能放过他啊，要永绝后患啊。

　　所有那些曾经被他藏在心底的伤痛和仇恨，都在这个瞬间翻涌而上。

　　彦一夺过阿仁手中的刀，闭着眼死命扎了下去。

　　阿南已经被突如其来的状况吓傻。

　　经过的路人证明他是正当防卫。

事情完美结束。

彦一从警局走出来，觉得未来一片光明。

八

彦一从警局回到家，客厅里放着一个橘色的行李箱，塞满阿南的衣服。

阿南又抱了几件衣服出来，见他回来，放下衣服，慢慢走到他面前。

"我们还是分手吧。"

他脑袋轰的一下突然蒙了。

"为什么？"

"你难道没有发现，我们之间早就有问题了吗，我一直忍到现在，我不想再忍了，在山顶餐厅，我是不想让你难堪，才答应你的求婚，后来又发生了太多事情，没机会跟你说，我们放过彼此吧。"

"我会改的，我真的会改的。"彦一要哭了。

"我已经爱上别人了，对不起。"阿南冷酷地继续收拾行李，"戒指我放在餐桌上了。"

"可他已经死了啊！"彦一绝望地大喊。

"你说谁已经死了？"

"你爱上的那个男人！"

"什么？怎么可能！"阿南掏出手机，按了号码。

电话通了，铃声在他们的家门外响了起来。

彦一打开家门，是警察和一个正在接电话的陌生男人。

"你因故意杀人罪，被逮捕了。"警察对彦一说，手铐立时铐在他的手上。

九

阿仁此行并非是要抢走阿南，事实上，这次他来沼津才第一次见到阿南。

他这次趁出差路过沼津，想真心实意地与彦一道歉，小时候做过的那些事，长大后，终于明白了个中荒唐，他觉得自己或许真的对彦一造成了无法挽回的伤害，于是想要来到沼津，给彦一力所能及的弥补。于是在得知彦一的计划后，他也是当真要全心全意帮彦一重新建立起勇敢男人形象，不仅自己亲自上阵扮演劫匪，还花钱雇了临时演员扮作警察，让彦一见义勇为的戏码有始有终。

按照阿仁的计划，应是彦一在阿南面前将他制服，然后自己雇来的临时演员扮作的警察在这时出场，将阿仁带走。

这样也省得阿南怀疑被抓住的劫匪应该如何处理。

因为劫匪已经被假扮的警察带走了，毕竟总不能真的把自己送进警局。

为了避免被阿南认出来，他按照彦一的计划事先戴好面具。

他们之前才刚见过，阿南来问了他许多房子装修时应该如何选材的问题，阿仁心想，大概是要为她与彦一的新家做准备，于是他都全心作答，遇到阿南听不懂的，还俯过身去，指着建材图片详细为她解释。

已经跟临时演员说好戏份，他把彦一的计划补充得完整且滴水不漏，没有了被识破的风险，也没有了后续无法处理的尴尬。

彦一大喊报警的时候，他还没察觉有什么问题，还隐秘地为接下来的起身逃跑戏份积蓄力量。

当彦一举着刀扎向他胸口的时候，他都没反应过来，自己身上到底发生了什么。

紧接着，胸口抽搐一样的疼痛，他感觉到四肢都在剧烈颤抖，身体里的氧气和血液似乎一瞬之间被掏空了，他眼前迅速变得比目之所及的黑夜还要更加黑暗。

那个叫秋野的临时演员呢。

该你上场了啊。

十

劫案发生当晚，秋野穿着一身警服，躲在暗处，就等着阿仁扮作的劫匪被制服后，他威风凛凛地出来将其带走，就大功告成。

事情简单，来钱又快。

再没有比这更好的活儿了。

结果那个雇自己扮警察的男人突然被对方捅死了。

眼看着他倒在血泊中，秋野被吓到冷汗直冒，生怕那人发现自己，把自己也一起杀掉。

什么都没来得及看清，只能转头就跑，当然也没有看清正在大声尖叫的那个女人是阿南。

于是那个夜晚，很多人都看到一个穿着警服的男人，狼狈地奔跑在沼津街头，消失在夜色中。

他躲了两天，终于平静下来，觉得无法任由事情真相被埋没，来到警局，讲出一切，他有和阿仁的通话记录和信息往来，足以证明他们确实是为了给那对情侣制造浪漫惊喜，才潜藏在那里。

而阿仁被那个男人杀掉，也绝对不在计划当中。

小野警官兴奋地带着他出门抓人，指认凶手。

到达那个男人家门口时，秋野的电话突然响了起来，是交往两个月的女友打来的。

他接起电话，警方已经敲开了门。

他的视线越过警方，越过杀人的男人，看到了自己的女友，自己的完美爱人，阿南。

十一

大川的心情终于好了起来。

案子从抢劫案变成杀人案，又变成正当防卫，最后居然又变成了故意杀人案，这曲折离奇的案子足够他当作光荣业绩，讲上一阵子，直到他顺利退休。

在退休前，还能再破获一起故意杀人案，大家都说他宝刀未老，他笑眯眯地说："都是运气，都是运气。"

谦虚归谦虚，他可是真心觉得自己是个了不起的警察，依然是志在千里的老骥，不会输给任何人、任何案子。

虽然破案的全程他都只是在发飙和暴走。

但这一次是真的可以荣耀隐退了呢。

十二

因为彦一的事，秋野对阿南有些不满。

"他已经很久都没有与我好好说过话了，我早就想和他分手，遇到你之后，更是如此，你也看到了，你和警察过来的那天，我正在收拾行李。"阿南情真意切。

秋野仔细考虑，觉得阿南虽有错，但并不是不可饶恕，而她确实也跟彦一提了分手，不应该因为这件事就放弃这样的好女孩。

两人和好如初。

秋野在便利店找了稳定的工作，他们也找到合适的房子，自己画了设计图，把它装修一新。

房子正式完工的那一晚，他们举杯庆祝。

当晚，阿南躺在秋野身边，新生活就要从此开始，她兴奋得睡不着觉。

崭新光亮的家、英俊温柔的男友、热烈肆意的爱情、生机勃勃的新生活。

她畅想着他们的未来，觉得和彦一分手果然是对的，若是任由那个已经不在乎她的男人把自己拖死，才是真正的不值得。

这才是值得自己奋勇追求的爱与生活啊。

黑暗中，她许久没有过的，舒展着笑了。

这时，旁边的秋野已经睡着，响起鼾声。

她侧过身来盯着熟睡的他，慢慢皱起眉头，怎么以前没发现他有这个毛病。

男人都会打鼾吗？

她厌恶地想。

警察与赞美诗

一

大川终于安全退休了。

办完手续，从警局走出来的那一刻，他长长地呼出一口气，抬头看了一眼沼津难得一见的晴朗天空，有那么一瞬间他有点怀疑自己的人生是不是已经被浪费殆尽。

不过他不允许自己沉浸在这种小情小调里，他现在只想见见儿子小亮，跟他好好聊聊天，说说这些年的人生和得失。

做警察这么多年，常常局里一个电话，他就要半夜爬起来出任务，最夸张时半个月都没见过小亮。后来升为领导，以为终于可以轻松一些，却没想到要担心的事情更多，上下的关系要他协调，出警的任务要他决定，报告要他写，黑锅要他背……事情一多，人也变得没有耐心起来，谁多说两句话，他都要发火。

他知道这样不好，可忍也忍不住，人生的巨大烦躁随时都笼罩在他的头顶上，他被困其中，进退两难。

没有时间陪伴家人，便只能在物质上极尽满足。妻子拿着他的钱，成了沉迷美容和麻将的太太一族。小亮上下学都有保姆接送，家长会也是保姆参加。

钱自然是不缺的，但爱呢，谁能给补上？

他给小亮数字吓人的零花钱，没有底线的纵容，没有边界的自由。

有一天保姆找到他，说要辞工回老家带孙子。

他问出了有些不近人情的问题："那小亮呢？"

保姆憨厚地笑了笑："他早就不需要我了，他马上就要读大学了。"

他这才反应过来，原来已经过去了那么多年。

小亮做过的事情他多少也是知道的，用着他的名号在外面交了坏朋友。因为是他的儿子，下面的巡警没法插手，他自己也不知该以什么样的立场去管，好在他们也没做太过分的事情，他也睁一只眼闭一只眼，糊弄过去就好。

只盼望着，青春期总会过去，小孩子总会长大。

高三的时候，小亮突然醒悟一般，乖乖努力一年，考上大学，毕业后又找到不错的工作，连女朋友也顺利找好，是个看起来没什么性格的漂亮女孩子，叫阿春。再与大川见面，小亮早已经不是那个拿着老爸的名号在外面闯祸惹事的青春期少年，而是准备结婚的青年才俊。

大川那天看着小亮，几乎要掉下眼泪。

这么多年，他没有时间，也没有精力去教育小亮，小亮竟也长成了这副让人欣慰的样子，他不求更多，只求安稳退休，重拾与小亮的父子之情，共享天伦，安度晚年。

后来，小亮也有了儿子，再后来，大川终于办完最后一件案子，安全退休。

今天是他正式退休的日子，他约了小亮出来坐坐。

他们终于有时间相处，有时间聊聊彼此的生活，发发牢骚，吐吐苦水，像每一对寻常父子一样。

他拨通小亮的电话。

"嗯，我半个小时后到。"小亮说。

大川满意地挂掉电话，时间是下午五点，他把自己的身体摊在咖啡馆的沙发里。

真好啊，人生终于开始了他期盼已久的新篇章，他的嘴角忍不住上扬。

半个小时后，小亮没有来。

他也不着急，喝着咖啡慢慢等。再看时间，已经过去了两个小时，小亮还是没有来。

他再打小亮的电话，没人接，打阿春的电话，也没人接，他后背毛毛的，觉得有很坏的事情发生。

他赶到小亮家，敲开门，看到阿春愣愣地坐在客厅里，旁边是散落的行李箱。

"小亮呢？"

阿春不说话。

他有点生气地走进去，屋子里没有小亮。

他拿出手机拨了往日下属小野的号码："我儿子不见了，你帮我找。"

"好。"小野爽快答应。

他坐在小亮家的客厅，看着阿春："你们是不是出事了？"

阿春漠然地看了他一眼，仍旧没有说话，起身走回房间，关上了门，大川再怎么敲，她也没再开门。

他给小亮的公司打电话，给小亮的朋友打电话，通通没有音讯。

他坐在沙发上一夜未眠，第二天清晨接到小野的电话："小亮找到了，在东郊的草场。"

"那就好，那就好……等等，草场？"

"嗯……已经死了……对不起……"

人生新篇章的第一页，儿子死了。

二

旧日领导的儿子离奇死在沼津东郊的荒凉草场，小野不想接这个案子。

那天他挂断大川的电话后，去看了尸检报告，钝器多次砸中头部致死。

"致命伤在脑后，下手特别狠。"法医科的小黛说，"完全没有给他挣扎反抗的机会。"

"死亡时间呢？"小野继续看着尸检报告。

"七点到八点。"

"不能再精确了？"

"比较难，草场附近环境复杂，影响因素很多，能把范围缩小到一个小时，已经是极限。"小黛整理了一下自己的白大褂。

"好吧，谢谢你。"小野说完，拿起报告就要走。

"那个……"小黛突然开口。

"怎么？"

"朋友送了我两张话剧票，周六的，要一起去看吗？"小黛说。

是约会吧。

小野在心里无奈地笑了笑："还是不去了，这案子还有的忙，不过谢谢你呀。"

他不想去看小黛失望的表情，匆匆赶回自己办公室。他不是看不出小黛的心思，他对小黛也并非全无好感，但他心里有放不下的人，若是不能全情投入地喜欢别人，贸然开始一段感情，那对彼此都是不负责任的行为。

"那你什么时候才能放下？"大川也曾经这样问过他，大川看着娇滴滴的小黛一次次被小野拒绝，也于心不忍。

他不知道，他是真的不知道。

"传唤他的妻子吧。"他回到办公室对下属说。

这类案子配偶就是凶手的几率非常大，即便不是，从配偶入手，调查死者的社会关系，也总是没有错的。

错就错在，小亮的妻子是阿春。

是小野中学六年的同学阿春，是小野暗恋了六年，到现在也从没停止过喜欢的阿春。

隔着单向玻璃，看着桌子对面不知所措的阿春，他整个胃都绞痛起来，他去阳台抽了根烟，放松身体趴在栏杆上，望着浓雾里的沼津，觉得造化弄人。

　　他就是在那个时候决定把这件案子移交给别人去办的，他知道这很不专业，但比起专业，他更不想去调查阿春的犯罪嫌疑，做警察快十年了，就任性地不专业一次，他不觉得自己过分。

　　其实说出来有多少人会相信自己的暗恋呢，他常常苦笑，可时间过得越久，阿春在他心里就越挥之不去。

　　他和阿春做了六年同班同学，却几乎没有说过话。

　　阿春是漂亮、聪明，深受大家喜欢的女生，他是沉默、透明，甘愿被遗忘的男生，他们几乎没有过交集。

　　他也从没把心里对阿春的爱慕告知他人，他只觉得每天看着阿春幸福的微笑，快乐地奔跑，就是世界上最好的事情，就觉得生活没那么难熬。

　　他从没想过要真的表白，那个时候的他太不起眼，也从没真的干出过跟踪的行径，他只想在一个不算太远的距离，望着她一生安稳，就觉得足够了。

　　后来他去外地读大学，能收到阿春消息的机会越来越少。

　　听说阿春留在沼津读大学了，听说阿春谈恋爱了，听说阿春很幸福，听说阿春当了全职太太，听说阿春和大家都断了联系……

　　阿春渐渐从他的生命里消失。

　　可这段从未开始的感情，他始终无法放下，无法向前。自己到底是想要一个从此再无遗憾的告白，还是想要一个被拒绝后的痛快死刑，他也想不清楚。

他总是想，要是真的告白了会怎么样，虽然自己是不起眼的男生，但不一定就毫无胜算吧。

他总是想，要是有一天能重遇阿春，他一定不会再任由她从他生命里消失。

他总是想，自己现在也是坚强有担当的男人了，能够亲自保护阿春一生安稳。

他想得太多太远，以至阿春真的成了朱砂痣，成了白月光，盛放在他心里，再也无法放手。

直到小亮死了，阿春作为死者家属，成为犯罪嫌疑人，重新出现在他面前。

造化弄人，没错吧。

三

阿春总在想，要是那天大川没有赶来家里的话，她会不会真的开始逃亡。

不会的吧。

她终究是不忍心让儿子跟她一起过颠沛流离的生活，她回到自己的房间，靠着窗口，盯着夜空，直到它发白发亮。

她其实本想跟小亮同归于尽，一了百了，可自杀这件事当真需要勇气啊。

第二天警察上门的时候，经过一夜煎熬的她已经濒临崩溃，只要警察稍加用力，便能得到一个乖巧确实的杀人犯。

但他们没有。

"本月 13 号，晚上七点到八点之间，你在哪儿？"

"我在家。"

"有人能证明吗？"

"我儿子。"

"还有吗？"

"还有我公公。"

"你公公？"

"就是刚从你们这里退休的大川警官，那晚他在我家客厅坐了一夜，我没记错的话，他来的时候就是七点左右。"

阿春看得出来，坐在对面的警官一时有点慌乱，她本没有打算为难对方，若是对方拿出架势来审问，她也会立刻招供，可对方从一开始便在纠缠她那晚七点到八点的不在场证明，她虽然觉得莫名，却也只能随之应答。

自首也是需要勇气和时机的，错过了鼓足勇气的时刻，她竟也开始怀抱起了或许警方并没有掌握证据的侥幸。

若真的是那样的话，是不是就意味着她还有逃出生天的可能。

这个念头在她心里升腾起来，挥之不去地萦绕着心头那脆弱无比的生和强悍异常的死。

是她杀了小亮，并非蓄意，但她不后悔。

她本打算去死，现在却觉得或许还有活下去的可能。

她本打算自首，现在却觉得或许还有逃脱的可能。

她回到家坐到窗前，深深地，叹了口气。

她早就忘记到底是怎么开始的了，是他哪次喝醉了酒吗，还是他在公司的哪一回受挫?

已经全然不记得。

大学时代，他热烈地追求她，英俊阳光出手阔绰。

因为英俊，所以每个笑脸都动人心神。因为阳光，所以和他在一起总能找到快乐。因为出手阔绰，所以给了她从没有过的安全感。

没用多久，阿春便缴械投降。

"以后啊，我出去赚钱，你乖乖在家当阔太太就好啦。"小亮搂着她说。

大学毕业，他们结婚了。

小亮的父亲是警局高官，帮他们准备好了婚房。

"接下来的人生就要靠你们自己了。"公公笑眯眯地对他们说。

但人生啊，哪里是一腔热血、一往无前就能应付得来的，小亮的工作越来越繁重，她想出去工作，却被小亮严词拒绝。

"别人会以为我养不起老婆。"

曾经的甜蜜原来不过是大男子主义在作祟，她试图辩解，小亮已经摆摆手，单方面结束讨论。

第一次应该是他受了上司的气，一个人喝了闷酒，回到家又遇到儿子啼哭不休。

他回来的时候，她正在签收快递，快递小哥冲她笑，说谢谢，她也回了快递小哥一个微笑。

他全都看在了眼里。

那一晚，他把酒瓶冲着阿春砸过去的时候，她都没能及时反应过来，那意味着什么。

社会新闻里的事情居然真的发生在自己身上。

阿春一时有点恍惚。

接着是拳头，是脚，是伴随着暴力的咒骂，直到她昏迷过去。

她不知道他打了她多少下。

次日清晨，她醒过来，他还在沙发上沉睡，她沉默地走到洗手间，看着镜子里鼻青脸肿的自己。

她向来知道自己是漂亮女生，可现在，要怎么漂亮呢？

她冲着镜子苦笑。

她想离开，他自然不许。

"你以为你走得掉吗？你忘记我爸是谁了吗？你走到哪里，我都能找到你，你告到哪里，我爸都有办法把事情压下来，何况就算你走得掉，你的家人也走不掉。"他得意地笑。

他也会愧疚，也会哭泣，也会跪下求她原谅，然后周而复始，暴力不休，病入膏肓。

她看着他，觉得自己在看一个陌生人。

她没办法寻求帮助，没办法告诉家人，甚至没办法逃跑。

她出门只能躲着邻居走，她不知如何遮掩自己的尴尬和羞耻。偏偏每次出门，都会碰到隔壁那个瘦小的戴着眼镜的男孩子。

认命原来是这个意思，无语问苍天原来是这个意思。

儿子一天天长大，暴力并没有停止，但好在他不在儿子面前打她。

她想知道他为什么会变成这样的男人，是他幼时家庭的冷漠吗？是他久久不被治愈的孤独吗？还是他从小到大的娇惯？抑或是他原本就天性如此呢？

这所有的一切，她都已无从得知。

也因着这无从得知，她也根本不知道该如何解决眼前的困境。

无法摆脱，无力摆脱。

后来，她渐渐习惯了。

就这样吧，遇到这个人，陷入这个家，都是她的命，她认了。

直到有天起床，看到浴室里大哭的儿子和满脸得意笑容的他，才倏然发觉，忍耐已经到达极限。

她约了他到沼津东郊的草场，要做个了断，那里少有人去，她本意只是想告诉他，他怎样对她，她已经不在乎，但若是他伤害儿子，她就与他同归于尽，谁也别活。

她从未想过自己也会有如此决绝的时刻，她是做好了所有准备的。

她看到他不知道出现过多少次的愧疚神情，他总说他也想要挽救家庭，挽救他自己，可每每话头一起，便又是大打出手。他身体中像是住进了恶魔，已经将他的灵魂吞噬殆尽。

那天在草场，也依然是旧日重现，他也想要好好沟通，他也想要找回幸福家庭，可从一开始的好意沟通，到后来的大打出手，也不过一个转瞬之间。

恶魔并未给他喘息的时间。

她用尽了全部勇气说出了如此决绝的话。

他并未把她的威吓放在心上，甚至在交谈的过程中还接了电话，转脸就卸掉狂暴，与人相约半小时后见面。

阿春终于绝望。

东郊草场空旷静寂，争吵自然发生，他如同往日，想要动手，她一时慌乱，抄起手边的石头冲他额头重重砸过去，他应声倒地，不再动弹。

四

阿春搬到隔壁的第一天，石田就爱上她了。

石田高三那年生了一场大病，在医院躺了半年多，没能参加高考，自然也没有大学可上，躺得久了，想再回到人群中，便是难上加难。

好在父母都有很好的工作，由他啃老也啃得起，他病愈后，身体消瘦，面容枯槁，父母也不忍心对他要求更多，便由着他做了啃老宅男。

父母从来不曾理解他，也从未试图理解他，父母把他当作自己无从卸下的包袱，他终究是他们的儿子，可他终究也只是他们的儿子。他们愿意保他一生衣食无忧，可给他更多理解和爱，他们已经做不到了。

在他开始做一事无成的啃老宅男时，他们对他的耐心就已经用光了。

所以他早就已经忘记正常人类拥有着怎样的感情世界，他在那狭小的一方天地里，渐渐成为脑海中只有直接粗暴想法的男人。

坏人就应该死，好人就应该得到幸福。

阻挡他前行的人事物都应该像反面角色一样被清除干净。

他每天的生活丰富又规律，追新番，看新书，跟人在网上吵架或相见恨晚，日子久了，人生变得空虚又不知所谓。

直到阿春一家搬来。

阿春可真好看啊，像道阳光一样照进了石田枯槁的人生。

他躲在门镜后面，看着忙里忙外的别人的新婚妻子阿春。

她有英俊的丈夫和可爱的儿子，家庭一派幸福景象，他这样看着她，每天等她出门，远远跟着她走一段路，看她笑着跟小贩买菜，温柔地跟邻居闲谈，甚至巧遇时，和他打个招呼。

他幻想她其实深切地爱着他，幻想她为了他抛弃家庭，幻想她与他接吻，与他做爱。

在幻想里，他和她走完了大半生。

他想过要在阿春的家里装窃听器，参与她一切的生活，甚至连器材都买好了，可破门而入难度太大，他终究没能成功，便把摄像头装在了门口，一旦阿春出门，他就赶忙跟着出门，像个猎人，尾随着唯一的目标。

突然之间，他觉得自己好像跟另外一个人产生了某种深刻的联系，即便这种联系只是他单方面的自以为是，他也真心实意地满足起来，每天都兴致勃勃地守在镜头后面，等着阿春出门。

只是渐渐的，阿春越来越少出门，即便是出门，也大多行色匆匆，让他跟无可跟。

这反而更添了许多乐趣，像是阿春在与他玩捉迷藏一般，太可爱了。

他对自己笑，笑得格外诚恳。

他远远地看着阿春的幸福，觉得自己也跟着幸福了起来。

那天阿春意外地在傍晚出了门，而且不是平日里的路线，他兴奋地跟随其后，难道阿春也有了小秘密吗？

他满心的激动，几乎要因此跟得太紧，被阿春发觉。

他跟着阿春来到沼津东郊草场，躲在一丛高草后面，听到阿春与小亮的对话，看到阿春拿起石头冲着小亮的头砸了下去。

小亮倒地后便不再动弹。

她砸死了他。

石田赶忙缩得更深，生怕被她发现。

他瑟瑟发抖地藏着，等待阿春离开。

怎么办？

慌乱中，他问自己。阿春已经走得很远。

那我现在怎么办？

他用力地站起身来，看着小亮一动不动的身体。

突然反应过来，其实这一切都跟他没有关系啊。

对，根本就是没有关系的，没人知道他来过这里，也没人知道他那样爱着阿春，从头到尾都只是他一个人的独角戏而已。

他只要现在转身离开就好了呀。

想到这里，他松了一口气。

再抬起头，他看到小亮的胳膊动了一下。

五

小野把这个案子全权交给了同事，自己一时落得轻松，便请了几天假。

他想认真地追求阿春。

当然，这并不是一个好时机，毕竟她刚死了丈夫，不可能现在就跟他在一起，但至少能慢慢的，重新让她回到自己的生活中。

她的不在场证明已经确认无虞，还是大川亲自证明，她在小亮被杀的时间段里是在家里。

她现在只是凶案关系人，而不再是嫌疑人，他作为旧日同学，关心她、照顾她，也是理所应当的事情。

至于大川，他已经退休了，不是吗？

他按响她家的门铃。

她看到是他，有点惊讶，招呼他坐下来，又给他倒了茶。

"之前在警局，谢谢你。"她说。

"我也没能帮什么忙。"他把茶杯握在手里，一时有些局促。

"你这些年，还好吗？"他小心地问。

"好啊，能有什么不好的。"她笑了笑。

"有什么我能做的，请一定尽管开口。"他紧张得只能说起这些。

"谢谢。"她客气道。

他们已经十多年没见面，他只顾着冒冒失失地前来，却没想到气氛会如此尴尬。

"你还想他吗？"

她似乎没料到他会问这个问题，怔了一会儿。

"还好吧。"

气氛降至冰点，他再也无法忍受。

"总之，有需要我帮忙的，一定开口，我不是在说客套话。"他重申一遍。

从那天起，他便隔三岔五地去阿春家，帮她做些力气活，与她聊聊天，也没有刻意回避小亮曾经的存在，他想帮她快点忘掉过去，但也不多做催促，一切都顺其自然地发展就好。

他觉得这样最好。

过个两三年，等完全时过境迁，那时候再开口说在一起，也就理所应当了。

他守着这单身的生活都过了十几年，也不在乎再多等两年。

这样过了快一个月，那天他要下班，下属突然冲他跑过来。

"有个人报警，说妈妈自杀了。"

"所以呢？"自杀了不是应该叫救护车吗？

"是阿春的儿子报的警，他回到家，却打不开门，透过窗子看到阿春一动不动地躺在地板上。"

六

小野一定知道人是我杀的了。

在他第一次登门拜访之后，阿春坐在客厅慌乱地想。

"你想他吗？"小野问。

他是在试探我对小亮的态度，他一定是知道了什么，不然不可能莫名其妙上门的，明明已经那么多年没有见面，明明根本就没有什么交情，现在突然跑来，不可能有别的理由，一定是想要从我这里套出能证明我就是凶手的蛛丝马迹。

阿春看着小野的脸。

"还好吧。"她淡淡地说，但心里却在苦笑。

果然是不可能躲得过的吧，警方原先只是在虚张声势吧，现在终于是要开始正面进攻了吧。

小野想要以朋友的身份进入我的生活，然后在生活的细节之中发现我的犯罪证据。

一定是这样没错。

她神经紧绷地面对着小野的每一次到来，她期盼着小野有一天不要再来了，不要再来了。

可老天爷似乎根本听不到她的祈祷。

小野依旧隔两天便来一次，次次欲言又止，次次别有深意。

阿春在这样可怕的来访中，终于崩溃。

那天小野走之后，她重新拾起自杀的念头。

她的一己之身是早就不想要了的，她本想要认命地过完一生，却不想小亮竟会打儿子，人生头一次体会到为母则强，失手杀了小亮。

小亮是罪有应得，但她到底是触犯了法律，若真的被追究起来，她当然是逃脱不得的杀人犯。

可之前警方却没有再过分追究，她以为自己交了好运，得以逃脱罪责。

现在才明白，原来警方是为了放长线，派出小野这个旧日同学来到她身边，搜集证据，伺机将她一举拿下。

果然是这样吧。

她从一开始杀掉小亮，就不是为了自己，而是为了不让儿子生活在更大的阴影中。

现在儿子的阴影成了她。

若是她作为杀人凶手认罪伏法，那儿子一辈子都是杀人凶手的儿子，这是个怎样弱肉强食、不讲道理的社会啊，一生背负着这样的十字架，儿子还怎么会有获得幸福的可能。

她已经走了这么远，她知道自己早就没有后路可退。

小野持续不断地前来拜访，与她聊天，试探她的一切，他每多来一次，她心底的恐慌便多一分。

已经没有别的办法了吧。

她心底的绝望一点点漫了上来。

如果她现在自己死掉，那警方即便真的查出了什么，也不会再揪着一个死人要求认罪伏法。

儿子当然是会伤心难过的，但作为"父亲意外死亡母亲伤心过度殉情自杀"这样的人活着，总比作为"父亲是暴力狂母亲是杀人犯"这样的人活着要好得多。

心碎、痛苦、煎熬，这些总会过去。

儿子总有一天能治好伤口，昂首挺胸地拥抱新的人生、新的幸福。

而不是一生背负着本就不应该由他背负的沉重十字架辛苦地活着。

她选了晴朗的一天，儿子上学去了，她买了炭和盆，关好门窗，点燃炭盆，轻轻地在沙发上躺下来。

阳光柔柔地洒在她的身上，真暖啊。

七

那一天的沼津东郊草场，石田看着小亮试图爬起来，但动作缓慢吃力，终究不能成功。

他突然想，要是小亮死在了这里，那他是不是就有机会去接近阿春了呢？

他刚刚听到小亮与阿春的对话，知道这么多年来小亮一直虐待阿春，现在阿春之所以要与他决裂，是因为他开始打他们的儿子了。

所以小亮就是一个罪大恶极的人，那把小亮干掉的自己，不就是正面人物了？

他躲在高草后面想着。

如果现在任由小亮恢复，等养好了伤，小亮肯定不会放过阿春的，那阿春不是就有了大危机吗？

石田看着艰难挣扎的小亮。

无论如何不能让阿春再有危险。

犹豫中，时间一分一秒过去，石田拨开高草，走向小亮。

反正这里是空无一人的沼津东郊，反正不会有人看到，反正他已经受了伤，反正他已经快死了，自己只是顺手送他一程罢了。

一切都是为了阿春的幸福。

不，一切都是为了自己的幸福。

只要小亮死了，他就有机会慢慢去认识阿春，走进阿春的生活，变成阿春的男人。

只要小亮死了。

只要小亮死了！

他走到小亮面前，小亮也看到了他，小亮伸手抓住他的裤脚，像是跟他求救。

他捡起阿春用过的石头，冲着小亮的后脑砸过去。

一下，两下，三下……

小亮早已经没了还手之力，没有挣扎，便彻底不再动弹。

他回到家，藏了几天，发现根本没人找他，渐渐也就放下心来，接下来就是想办法跟阿春成为朋友，然后是好朋友，然后……

他想着想着还有点不好意思，在家里傻笑起来。

身体和心灵都遍体鳞伤的阿春被自己拯救了，幸福人生就在眼前。

他满足地笑了。

八

阿春的葬礼在城郊的教堂举行，神父在台上肃穆地念着小野听不大懂的诗。

他没有料到阿春对小亮有那么深的感情，竟会选择殉情而去。

小亮的案子至今也没有进展，已经打算当作悬案封存起来，现在只是迫于大川的压力，才做出努力调查的姿态，但毕竟大川已经退休，没人会真的把他施加的压力当作一回事。

葬礼上，小野就坐在大川身旁，接连失去儿子儿媳的他，看起来苍老了许多。

"以后您需要我做什么，请尽管跟我说吧。"小野到最后还是只有这么一句。

他本以为阿春早晚会放下过往向前看，他明显低估了阿春对小亮的痴情，但能亲眼见证这场殉情，也算是自己没有爱错人吧，这一场无人知晓、旷日持久的暗恋终于到了结束的时刻。

他这才明白，自己期盼着的其实一直都是这么一个明确的结局，原本以为结局会是被阿春拒绝，没想到却是阿春的死。

但有了明确的结局，悬在心头的石头终于可以落地了。

他叹了口气，对自己笑笑，也到了该放下的时候了，一切都结束了。

他从教堂里走出来，收到小黛的信息："要一起看电影吗？"

"好。"他回复。

他走过一栋楼的时候，看到下面骚动的人群，走过去，才发现是有人跳楼了，跳楼者是个瘦小的戴着眼镜的男孩子。

唉，现在的小孩子真是很不懂得珍惜生命啊，一个个的都要去死。

小野摇摇头，从人群里走出来，现在不是他当班，不需要他去管，总会有人报警，总会有人来处理。

　　他现在要去赴和小黛的约会。

　　没来由地，他想起教堂里神父那几句他听不大懂的诗。

　　我们仰望人来帮助，以致眼目失明，还是枉然。

　　我们所盼望的，竟是一个不能救人的国。

　　小野抬头看向远方，沼津难得有这样晴朗的天空，阳光好得像是无论人生被怎么浪费，都值得，都有意义。

　　每天都有人出生，每天都有人死去，世界向来如此，从未有过改变。

漂亮朋友

一

"我想结婚了。"佑树说。

"别闹。"千穗头也没回地说。

"我是说真的。"佑树语气郑重。

千穗转过头来，认真地看着他："你知道，我早就过了想要结婚的年纪……"

"不是和你。"

千穗像是一时没明白佑树的话是什么意思似的，愣神了一会儿，突然笑了："你休想。"

"我们这样继续下去有什么意义？"

"有没有意义我说了才算。"

"我不想这样生活下去了。"

千穗轻声笑了出来："你以为离开了我，你还会有生活可谈？从我把你捡回来的那天起，你的一切就只能是我的，你的头发，你的脸，你的身体，你的衣服，包括你脖子上这条全沼津只有一条的定制领带，全都是我的，你毁也只能毁在我手里。"

"你拦不住我的。"

"我当然拦不住你走出这栋房子，但我可以在你走出去之后，让你和你的女人活不下去，这不是形容，是真正地，活不下去。"千穗点燃一根烟，"你大可以试试。"

听到争吵声，保镖安田推门进来，千穗示意没事，挥挥手让他出去。

"你以为我不知道你的女人是谁吗？我当你出去玩玩，可以睁一只眼闭一只眼。"千穗笑着说，"但要是你真的想要为了她而离开我，我是不会让你们活下去的。"

千穗站起来走了两步，转过头来："你知道我的，让个把人悄无声息地消失，我还是做得到的，只要能把你留在我身边，我不介意那么做。"佑树吃惊地看着千穗，像第一次认识她。

二

佑树第一次来到沼津时，除了一张英俊的脸之外，一无所有。

他来自西部的一个偏远小镇，整个镇子只有两条街，每个人都彼此认识，少有人外出，也少有外人来访，要出去只能走两个小时蜿蜒的山路，才能看到一个破旧的公交站牌，能不能等到车，全凭运气。

在这里，一个漂亮但愚笨的女孩能成为父母的希望，指望她嫁个好人家，成为飞上枝头的凤凰，可一个英俊但贫穷的男孩却是最无用的，没有哪家的女儿会因为你英俊，就嫁给你，将自己的一生托付给你。

因为贫穷，所以现实，因为现实，所以短视，因为短视，所以更加贫穷。

女孩们因为他不强壮、干不了力气活，而不爱与他交游。

男孩们因为他有漂亮的皮囊，心生微妙的嫉妒，全都有意疏远。

家里人因为他无法给家庭带来任何收益和帮助，更是对他冷嘲热讽，无法容忍。

说到底，亲情不过就是人与人的一种关系罢了，当关系无法制衡，无法互通有无，那破裂也是情理中的事。

直到远房表姐阿薇为筹备毕业作品来这里采风，看到他，深吸一口气："小树你简直可以当明星的呀，你好好看。"

"明星？那是什么？"佑树疑惑。

于是阿薇给他讲外面的世界，电视是什么，明星是什么，艺术是什么，有钱人是什么。

混杂着阿薇软软的声音，那个阳光温柔的下午，就是佑树的开天辟地。他第一次知道还存在着另一个世界，那个世界里，大家会喜欢他这样的男孩，那个世界里，他可以拥有美好的人生。

他感觉心底有什么在熊熊燃起，整个人都活了过来。

阿薇的采风很快结束，然后离开了。佑树随后偷偷收拾了行李，拿走抽屉里不多的零钱，趁着浅浅夜色，逃离了家乡。

那一年，他十七岁，那是个清晨，沼津的街头还空荡荡的没有人，他靠着一双腿，穿过整个沼津，无限向往地以为自己终将大展宏图。

刚到沼津的日子自然是苦的，可每一天都很快乐，他租了一间小屋，每天在各个片场间奔波，都是跑龙套的角色，但他也乐得接受。大家看到他英俊的脸，都愿意给他机会。每天都有钱进账，每天都有戏可演，尸体也好，路人也好，他都演得开心满足。

后来一家经纪公司看中他，把他签下来，告诉他，他们要包装他，要捧红他，要让他变成超级巨星。

他手指颤抖地签下了人生第一份合约。

从公司出来回家的路上，他几乎是后怕地想着，要是当年表姐没有来镇上采风，他是不是就会被困在那个破落的小镇里一辈子了呢？

幸好出来了。

但合约签了，事业却再也没有进展。

公司没有给他合适的戏演，也没有帮他接洽更多工作。他慢慢发觉，他只是公司众多英俊男孩中的一个，能有运气红了，那公司就白捞一笔，红不了，公司也不会管你死活，反正只是一份合约而已，撒大网捞鱼，稳赚不赔的买卖。

他跑去公司闹，说他没有工作，没有钱赚。公司那个白胖的主管说好啊，那给你工作。于是给他安排了极为暴露的拍摄，那个色眯眯的摄影师让他把内裤拉得更低的时候，他仓皇地逃了出来。

那天正下雨，他打不到车，也无处可去。

在路边坐下，公司的合约签了十年，他没办法离开，也没有实力告公司，更糟糕的是，合约限制，他还无法接外面的工作，不然公司还能以违约之名来告他，索赔巨额违约金。

十年的合约啊，十年后合约到期，他已经年过而立，脸也早就垮了，什么都完了。

大雨中，他坐在路边，终于大哭。

他就是在那一天遇到千穗的，千穗的车子路过，看到在路边崩溃的他，撑着伞过来，问他需不需要帮忙。于是他哭得更厉害。

千穗看到在雨中泪流满面的他，他的脸俊美中带着一丝柔弱，雨滴在他周围形成一层浅浅的光芒，让他如同一个神，一个年轻的、手足无措的神。

那个瞬间，千穗才第一次真正地知道了什么叫作美。千穗是电影公司的知名制片人，做过几个票房过亿的电影后，打响了业内名声，事业一片红火。她帮佑树解决了合约问题，给佑树买了一间公寓，不过佑树不常在那里住，大部分时间，佑树都和千穗一起住在她的房子里。

佑树原想让她帮自己争取工作机会。

千穗宠溺地摸着他的脸："何必呢，这些年你还没看透吗？当了明星的，有几个是正常人，有几个还能好好生活，你觉得现在的生活不好吗？"

佑树低头想想，现在的生活确实很好，不缺钱花，不受人气，不看谁脸色，不疲于奔命，千穗在家的时候，就好好陪她，千穗工作忙的时候，他就自己去找朋友玩。

真的没什么不好。

圈子里也有人知道他和千穗的关系，但早就见怪不怪，没人在意，也没人散播。

多年来，佑树终于过上了颐指气使、养尊处优的生活，他觉得自己没什么不满足的。

况且千穗也不是人老珠黄的老女人，她还不到四十岁，长得漂亮，保养得宜让她格外年轻，还有坚持健身得来的紧实身材。

即便真的作为交往对象，千穗也是当得起的。

这样的她愿意留他在身边，是他的运气。

爱情太奢侈，他不敢多想。

直到他遇到小瑾。

他忘了那是在谁的饭局上，也忘了小瑾到底是谁的朋友，他只记得看到小瑾的那一眼，他突然觉得，这是他想要和她结婚，和她厮守一生的人。

那种从身体深处涌上来的热流将他整个人包围，将他头脑烧到发晕。

从那晚之后，他的眼睛就只看得见小瑾一个人了。

从小瑾第一次冲他微笑的时候开始，他就知道自己完了，他陷下去了。

他也问过自己到底爱小瑾什么，平凡吗？单纯吗？好像都不是。他爱小瑾平凡之中源源不断涌出来的清爽，这世上有那么多人崇拜弱肉强食，以为适者生存便是天道真理，可小瑾却从未认可，也从未打算认可这些道理。

她静寂天真地长到二十五岁，竟依然相信爱，相信单纯，相信善良。

天哪，她到底是在一个多么幸福和煦的家庭里长大的啊。

佑树忍不住感叹。

小瑾自然也是爱他的。

他们一起看遍了沼津这座城市里的每一个遗迹，每一处美景。

他从没像现在这样感谢老天给自己这么一副好的皮囊，又给了他这些年曲折离奇的人生经历，给了他开始爱情的机会，给了他延续爱情的力量。

他们无话不谈，他们拥抱接吻，他们许定终生。

"我们结婚吧。"一次千穗出差的时候，他在自己的公寓里抱着小瑾说。

"好呀。"小瑾害羞地低下头。

三

千穗以为自己早就不在意爱情，不在意男人了。

曾经，在千穗还很年轻还有力量的那个曾经，她也是狠狠地用力爱过的，她也是拼尽全部生命力一样地爱过的，可爱情从来不会因为你拼尽全力，就让你免于失败。

一次失败，她可以意气风发地东山再起。

两次失败，她可以说服自己只是遇人不淑。

三次、四次……她再也没办法掩耳盗铃、粉饰太平。

她终于明白，爱情就是这么一件不讲道理的事情，拼努力不如拼运气，爱情本就无迹可寻，无隙可查。

　　她至今都记得她的最后一次分手，彼时爱恨早已成过眼云烟，但她始终清楚地记得她拖着行李箱从男朋友家里走出来的那个场景，她死撑着，梗着脖子就是不哭，直到电梯门缓缓关上，男朋友哀伤的脸消失在眼前，她终于忍不住在电梯里崩溃大哭。拖着行李箱，一路走，一路哭，最后哭到没有力气，就把行李箱放倒在路边，坐在行李箱上哭，像是要把一辈子的眼泪都哭出来一样。

　　不全是为这份求而不得的爱情，更为她心底深处已经消耗殆尽的某种力量。

　　就这么痛快地好好大哭一场吧，因为她知道那是自己最后一次为爱情流泪。

　　后来她努力工作，拼了命地为自己的电影、为自己的演员奔走，她的电影成功了，她的事业越做越大，她身边的人越来越多，任何她想得到的东西、想做到的事，伸伸手就都可以达成。

　　可爱情，她再也没有碰过。

　　她享受大权在握、控制一切的感觉，但爱情是她没办法控制的东西，她没有心力，也没有兴趣再去碰。

　　包括遇到佑树，她也不觉得那是爱情。

　　她看到坐在路边哭泣的佑树，给他帮助，也只是出于一时怜悯。后来佑树留在她身边，也并不是因为爱情，只是因为省力，因为不麻烦。

　　她不需要再耗费自己的生命力，不需要再投入情感，佑树不开心了，给他钱，给他买礼物，给他任何他想要的东西，就好了。

她什么都给得起，唯独爱情，她给不起，也不想给。

佑树满足于这样简单直接的生活，她也满足于佑树心甘情愿的陪伴。

她的事业不会背叛她，她的钱也不会，只要这些都还在，佑树就不会离开，一切都在她掌控之中，她对此感到心满意足。

直到佑树说他想要离开她，直到佑树说他想跟别的女人结婚，她才猛然发现自己的心沉了下去，像要沉入地心一样重重地沉了下去。

坐在行李箱上大哭的那个她突然活了过来，她被那种似曾相识的无力感包围，一时间竟有点慌乱，她有多少年没有这样慌乱过了，她不允许自己这样慌乱，不允许自己这样狼狈，不允许自己这样无可奈何。

她早就忘记了，那一阵突如其来的慌乱，其实就是伤心。

真是笑话啊。

她怎么可能为一个小白脸伤心啊，她怎么可能被小白脸抛弃啊，她怎么敢不过一个平凡得毫无特点的女孩啊。

她觉得整个人都遭受了奇耻大辱。

她居然被两个她根本看不起的人搞到几乎重新伤心，重新崩溃。她觉得自己此刻的脱轨是如此地不可原谅，如此地丢人现眼。

她不允许这样的事情发生。

外面下雨了，她坐在落地窗前，看着院子里的泳池，今天不能游泳了，夏天她习惯每天傍晚都去游几个来回。

让人不爽的事情真是一件接一件啊。

她紧紧地握住拳头。

这时一双手抚上她的肩膀，她回过头，看到佑树。

他在她身旁坐下："对不起，是我的错，我不该说要离开你。"

乌云让窗前的光线昏暗，风雨交加里，佑树没有看到千穗笑着的脸。

四

佑树终于明白，若是想要离开千穗，和小瑾过平安日子，便只能让千穗不再存在。

这么多年，他知道千穗的本事，知道千穗说到做到的性格，知道千穗可以真的让他们活不下去。

那为了得到自己的幸福，便只能让她去死了吧。

这个念头冒出来的时候，佑树自己也吓了一跳，他没想到自己为了和小瑾的未来，居然能做到这种程度。

他终究是厌倦了。

厌倦了贫穷，也厌倦了富有，厌倦了疲于奔命，也厌倦了无所事事。

小瑾代表着一种可能，一种最平凡最简单却也是他从未拥有过的生活的可能，这种崭新的可能让他麻木许久的灵魂为之颤抖。

但千穗可以轻而易举地毁掉这种可能，这让他无法接受。

她会让他们找不到工作活下去，她会找人处处暗算他们，她甚至可以让他们在世界上消失。

天知道她这些年已经手眼通天到了什么程度，他不敢拿自己冒险，更不敢拿小瑾冒险。

他人生第一次知道爱上一个人是什么感觉，人生第一次地距离幸福那么近。他没办法放弃，没办法妥协。

但杀人终究是件大事，他不知要怎么下手，怎么逃脱，心头困扰着这件事，使他接连几天，都无法安然入睡。那晚他又睡不着，身旁千穗的呼吸声已经渐渐平稳，他走下楼，坐在客厅打开电视，后半夜重播着无聊的节目，女主持突然说到下周日便是沼津一年一次的烟火大会，语气满是期待与兴奋。

佑树后背一凛，明白自己的机会终于到来，关掉电视，在沙发上和衣睡去。

第二天清晨，千穗起床时，他已经准备好早餐，坐在餐桌旁微笑等她，千穗似乎已经将他提过的离开分手当作他的一时冲动，不再在意，一切如旧。

"下周日我们去烟火大会吧。"佑树说。

"下周日吗？好像不行，那天我有个电话会议要谈，时间上可能来不及。"不出所料，千穗拒绝了。

"这样啊，那好吧。"佑树语气低落。

"你可以跟朋友们去啊，不一定有我的。"千穗说。

"嗯……"佑树语气依然低落，"那好吧……"

他知道千穗是不喜欢这类活动的，事实上他们在一起这么久，几乎从没有约会过，顶多是千穗带他去吃一顿贵到吓人的晚餐。

吃过早餐，千穗出门工作，佑树接到小瑾的电话。

"我们去烟火大会吧。"小瑾语气格外兴奋。

佑树当然很想和小瑾一起去看满天烟火，可是他对小瑾说："今年不行哦，今年我刚好有事要忙，不过我答应你，以后的每一年我都陪你去烟火大会，我保证说话算数，这是我唯一一次也是最后一次失约。"

小瑾见他这么说，便也不再为难他，又甜腻地闲聊几句，便挂了电话。

真的是最后一次失约了，以后人生的每一天，我都陪在你身边。

佑树看着落地窗外平静的泳池心想。

五

烟火大会当晚，小瑾一个人在家看书。

她很想去看烟火，可自己去看，难免凄凉，若不是跟喜欢的人一起去看，就没有太大意义，在烟火的照耀里拥抱接吻，才是浪漫的事情啊。

谁知佑树今晚恰好有事，她本想不高兴地发个脾气，但见佑树那么郑重地保证这是最后一次失约，她也不好意思再发火，可能是真的有很重要的事情吧。

她推掉其他朋友的邀约，一个人留在家里看书。

夜色降临，烟火大会应该已经开始，她心无旁骛地看着眼前的这本小说。

佑树爱她，她也一样爱着佑树，他们很快就会结婚，他们很快就要开始相守一生。

远方的天空有隐隐闪光，烟火大会在越来越热烈地进行吧。

微弱的光芒闪过她抬起的脸。

这个时候手机响了，是佑树发来的信息。

"我忙完了，我想你，我想见你，我们还有半场烟火大会可以看。"

"好！我这就出门！"小瑾开心地回复完，就把书扔到一边，穿好衣服，哼着歌出了门。

六

烟火大会开始后，人越来越多，多到有了一丝惊悚的意味，人挤着人，真要挤到了前排，大概连呼吸都会困难起来。

他和一群朋友一起过来，走着走着便走散了。

他看了一眼朋友的大概方位，又看了一眼时间，一切都刚刚好，他转身向着人群外围走去。

他要离开这里。

穿过重重人群，他终于走到稍微空旷的地方，路旁都是等着拉活儿的载人三轮摩托，他招呼了一辆过来，说出目的地。

"拜托快一点。"他轻声地不想引起三轮车师傅丝毫注意力地说。

目的地是他与千穗的家。

十五分钟后，他回到家里，一直忠于职守的保镖安田今天也请了假，说是要与爱人一起去看烟火。

他想给千穗打个电话，确认她是不是一个人在家，摸口袋却发现手机不知何时遗失了，算了，问题不大，回烟火大会的路上再找也来得及。

他走进这个他与千穗住了多年的家，果不其然，千穗正在游泳，像往常的每一天一样，在傍晚夜色降临时，游上几个来回。

她可真漂亮，常年锻炼，让她即便是现在，也依然拥有窈窕少女的身材，她自由地在泳池中穿梭。

佑树在泳池边蹲下来，等她游回来。

一个来回后，她发现了他。

她冲他笑了。

"你怎么回来了？"她手扒着泳池说。

"烟火大会太无趣，不想看了。"佑树也笑着说。

"还是我最好看，对吧。"她在水中扶梯上站起身来，抚摸佑树的脸。

"嗯，还是你最好看。"佑树说完，扶住她的肩膀，猛然用力把她的头按进泳池中。

千穗无声地挣扎，她的身体在抽搐，他感觉到她在一口一口地呛进水，她双手胡乱地在水面下拍打，却始终无法让自己的头浮上水面，她全身都在剧烈地颤抖。

不能心软，不能心软。

佑树用力把她按在水面下，始终没有松开手。

不知过了多久，佑树不记得时间了，千穗不再动弹，成了一具了无生气地漂浮在泳池里的尸体。

佑树回到房间，换上早就备好的同款但干爽的衣服，把湿掉的衣服打包，丢在大门口的垃圾箱里，今晚是收垃圾日，再过半小时就会有垃圾车过来把这包衣服连同垃圾一起收入卡车，送到郊外的垃圾处理厂，然后消失不见。

他穿好衣服，走出门，重新打了一辆三轮摩托车，这些黑摩的没有执照，且多如牛毛，城市中多得是，他们每天在大街小巷穿梭，警察就算真的要查，也无从查起。

成功了吧！是成功了吧！

他坐在黑摩的上，喘着粗气，回想着自己今晚的每一步，都很完美，他的心脏狂乱地跳着，是因为刚刚杀了人吗，还是因为即将到来的平凡幸福的新人生呢，还是单纯只是因为自己从此因杀过了人而变成了另外一个人呢？

他脑袋一片空白，根本想不清楚，不过他不急，他还有的是漫长的人生去把这些事情想明白。

现在没有千穗了，他和小瑾有的是时间。

十五分钟后，他回到烟火大会现场，烟火依然在肆意燃放着。

人群挤来挤去，他看到熟悉的身影，又似乎没有看清，他摇摇头，晃去心中的疑虑，人跟人的背影本来就都差不多嘛。

他一摸口袋，才发现手机竟在这套衣服的口袋里，原来自己一开始就装错衣服了吗？他苦笑，好在这并不是什么大纰漏。

他挤过重重人群，终于找到那群同来的朋友。

"你跑哪儿去啦？"朋友问他。

"我才要问你们呢，你们跑哪儿去了，找了你们好半天才找到。"他面带抱怨。

朋友摆摆手，不再跟他计较。

"大家呢？"他又问。

"走散了几个，不过也都找过来啦。"

这就是他的不在场证明了，非常薄弱又非常牢固的不在场证明。

千穗死的时候，他被挤散在烟火大会的人群中寻找朋友，他的朋友们全都可以做证。当然，警方可以说他们被挤散了，所以证词并不充分，但也正因为这样不充分的证词，反而更加难以突破。

沼津的黑摩的成千上万，他们不可能找到载他的那两辆，即便找到了，今晚他们一定生意火爆，不可能真的准确记得他的样貌。

他的朋友们自然会帮他证明他一直在寻找他们，即便他们自己也不知道那是不是真的。

因为烟火大会的巨大人群，这份薄弱的不在场证明，反而变得牢不可破。

他非常满意。

烟火仍旧在不断升腾，不断在空中炸裂、绽放，他突然好想念小瑾，好想和小瑾一起看这场烟火，他拿出手机拨通了小瑾的电话。

七

第二天清晨，佑树在公寓里被吵醒。

烟火大会结束后，他又被朋友拉去唱歌喝酒，反正也算是延长自己的不在场证明。

经过了精神高度紧张的昨晚，他从烟火大会回来后，就沉沉地睡了过去，他太累了，身心俱疲，回来后澡都没洗，就躺下睡着了。

门铃声响起的时候，他头都还是晕的。

打开门，是两个陌生男人。

"你好，请问是佑树吗？"说话的是高高瘦瘦的男人。

他点头承认。

"你好，我们是沼津警局的，我叫小野，这是我的搭档。"高瘦男人说着，拿出证件，让他看过。

"有事吗？"佑树心里一沉。

"关于你女朋友被杀的案子，我们有一些问题想要问你，请问你现在有时间吗？"小野的语气听起来很礼貌，但其实带着不容拒绝的气势。

佑树别无他法，只能请他们进来。

佑树早就料到千穗的尸体很快会被发现，幸好早已准备好不在场证明的说辞，他心里并没有太多慌乱。

"请问，你昨晚在哪里？"小野问。

"昨晚啊。"佑树装作认真思考的样子，"我昨晚喝酒了，对，我昨晚跟朋友们去烟火大会了，结束以后，就去喝酒，宿醉到现在头还很痛。"

小野与他的搭档对视了一眼。

"你是说，你昨晚一直都在烟火大会现场，是吗？"

"当然，沼津一年一次的烟火大会，怎么能错过。"佑树肯定地说。

"好的。"小野说完，掏出手铐，铐住了佑树，"你因涉嫌谋杀原小瑾被逮捕了。"

佑树被压住肩膀，没反应过来："等等！我不是有不在场证明吗？我昨晚一直都在烟火大会现场啊！"

他头晕晕地站起身来，两个警察莫明其妙地看着他。

"等等，你说被谋杀的是小瑾？"

"对啊，她不是你女朋友吗？那么多人都见过你们在沼津好多地方约会。"

"小瑾被杀了……"

佑树碎碎念叨着。

他昨晚回到烟火大会现场，很是想念小瑾，说不清是杀人后的慌张，还是单纯的想念，他打了小瑾的电话，却始终没有人接听。他以为小瑾早早睡下了，便想第二天，等他平静一些，再联系。

可现在警察告诉他，小瑾死了。

"你们凭什么怀疑我！小瑾是我的女朋友啊！我爱她啊！"佑树大喊。

小野拿出一条领带："这条定制领带整个沼津只有一条，就是你的，原小瑾就是被这条领带勒死的，犯罪现场就在离烟火大会不远的僻静处。"

电光石火间，佑树明白了，明白了为什么昨晚保镖安田没有在家里守着千穗，因为千穗派安田去杀小瑾了，烟火大会现场那个熟悉的身影不是他的错觉，那就是安田，在拥挤的人群里，训练有素的安田偷了他的手机，给小瑾发去信息，让他来烟火大会现场。一心期待与佑树一同看烟火大会的小瑾，根本不疑有他，只觉得惊喜快乐。对方让她来烟火大会，她便真的来了。

然后安田便用那条全沼津仅此一条的领带在僻静处勒死小瑾，再回来趁乱把手机放回到佑树的口袋中。

千穗原本就知道佑树是要去烟火大会的，所以她知道他肯定会在那里。

杀人工具成立，在场证明也成立，没人能证明小瑾是佑树杀的，但也没人能证明小瑾不是佑树杀的。

只要有了这些证据，警方总能找到方法，将佑树定罪。

他曾经想过，千穗会不会为了把他留在身边，而去报复小瑾。

他没有想到，千穗连他也想要一起毁掉。

已经背叛过她的男人，她其实根本就不想再要了吧，所以她设计了这全部的计划，杀掉小瑾，嫁祸给佑树。

只是她没有料到佑树会回过头来，昨天她看到佑树回到家的时候，是在想什么呢，是想着自己想要连佑树一起毁掉的计划要失败了，还是想着既然佑树在这个关键时刻回头，那就原谅他好了呢？

佑树已经无法知道在他把千穗的头按到水面以下之前，她在想些什么了。

烟火大会是佑树杀掉千穗时的不在场证明，却又成了他杀掉小瑾的在场证明。

佑树想通了，全部都想通了。

千算万算，终究没有算到千穗对他的失望与伤心已经足够使她下定决心，将他毁灭。

　　承认昨晚在烟火大会，就逃不掉杀小瑾的罪，不承认在烟火大会，就逃不掉杀千穗的罪。

　　无路可逃了啊。

　　他绝望地哈哈大笑。

　　小野和他的搭档将佑树押上了警车。

　　车窗玻璃的倒影里，他看到自己的脸。

　　依然年轻，依然英俊。

　　好像一切都不曾改变，好像一切都已面目全非。

　　警局在沼津的另一端，如同他十七岁到达沼津的那个清晨一样穿过了整个沼津，看着这座埋葬了他所有的爱与恶的城市，距离他十七岁来到这里，已经过去了十年。

　　这十年里，他爱过，也被爱过，伤害过别人，也被别人伤害过，斗志昂扬过，也纸醉金迷过。

　　他曾经拼尽全力想要挣脱自己平庸无望的过往，也曾经不顾一切只为追求平淡如水的未来。

　　他慌乱地向往过大千世界的华美，也冷静地厌恶过华美世界的虱子。

　　他诚挚地坚守过自己的每一份善良，也坦然地面对过自己的每一段邪念。

　　他很想满足地说他这一生不虚此行，可到头来他只觉得空空如也，只觉得人生虚掷，只觉得生而为人，太抱歉了。

终究尘归尘，土归土，漂亮归漂亮，丑陋归丑陋，美好归美好，邪恶归邪恶。

终究人生归人生，虚无归虚无。

风雨如旧，一切成空。

夜流河

一

那晚出门去见智树时，美浓真的以为自己是在奔向幸福。

大学毕业回到沼津后，她的生活便如同陷入无法抗拒的洪流中，不想前进，又不得不前进，明明不是自己想去的方向，却不知不觉越走越远。

"那你到底想做什么呢？"母亲曾这样问她。可她也说不出答案。

想和别人不一样，想留下一点自己真正活过的痕迹，想让这世界因自己的存在而变好一点点。

可这些话怎么可能跟母亲讲。

"每个人都是如此生存，普通地念书，普通地毕业，普通地结婚生子，普通地老去死掉，英雄、明星说到底也不过只是个别人而已，你越早认识到这一点越好。"母亲对她说。

可她总是不甘。

她还没有痛快爱过，还没有看过好风景，还没有见过这人间的每一种快乐与痛苦。她不甘心就这么老去。

母亲叹口气，不再说话。

可生活到底还是平静的，爱情与好风景都没有到来，她已经成了众人口中的大龄女子。亲人、上司、邻居、闺蜜……每个人都催促她去相亲。

她拒绝得掉一次，拒绝不掉十次、几十次，刻骨铭心的爱情还没有遇到，倒已经提前体会到与全世界为敌的滋味。一次一次的拉锯战后，她终究是累了。三十岁生日那天，她坐在自家楼顶，看着悠远夜空，决定放弃。

我尽力了，我真的尽力了。

你怪我懦弱吧。

但我等不到你了。

她对还没出现，或许永不会出现的真命天子说。

她接受母亲的安排，和文静清秀的南川交往，南川温柔、体贴，有教养，家境普通，不算大富大贵，但好在工作稳定，与自己也门当户对。曾有过一段失败的婚姻，以前妻出轨而告终。

三个月后，登记结婚。

以后的生活大约也会如父母亲一般平静吧。

婚礼那天，她人生第一次觉得自己老了。

她想要爱情，想要精彩的人生，可哪里才能找到它们，她全无头绪。就这样浑浑噩噩地在婚姻中得过且过，是不是真的好，她无从分辨，也无力分辨。好在南川确实是好男人，日子也算安稳幸福。

可以就这么过下去的吧。她想。

智树就是在这时出现的。

那次母亲突然病倒，南川曾因前妻生病住院而在医院有相熟的医生，便将母亲送去医治。手术顺利完成，只等缓慢恢复。母亲安慰她，人的年纪渐长，身体难免会出问题，不用太过介怀。但她确实被吓到，她还没有做好失去母亲的准备。于是守在母亲病床前，不肯离去，直到南川看她太过憔悴，坚持要她回家休息，这才接受与南川轮班守夜。

她一个人走出医院，疲倦地觉得以后自己的人生大概都会在这样的焦虑中度过，想想也真是无趣得很，可若真的因这无趣，就去死掉，也太过任性。

就这样普通地活着，如母亲所说。

然而就在她抬眼的那一刻，遇见了正在医院门口草坪前发呆的智树。

要怎么形容那种感觉？就像光，突然照进她已经决定枯萎的生命。

智树回过头来的那一刻，本已非常疲倦的她突然开始怀疑自己是不是很邋遢，忙慌张地低头离去，一直走到他看不见的地方，才停下脚步，深深呼吸。她伸手摸摸脸颊，滚烫无比。

爱情就这么来临了。

她时常陷入迷惑，怀疑那迅疾而至的颤抖、无法抑制的心跳是否就是爱情。可所有这些怀疑每次都在看到智树的那一刻烟消云散。

因为她如此望过去，只觉得他就是爱情本身。

他那么好看，那么温柔，上帝塑造他大概花了比别人多出十倍不止的心血。

从不经意的偶遇，到无所谓的闲聊。从夕阳里的散步，到路灯下的拥抱。

她人生第一次感觉自己是在活着的，感觉来人间走一遭是不虚此行的。

即便与已然病入膏肓的智树的爱情注定短暂，但她并不在乎。

她知道自己正做着错误的事，她知道自己或许已经成为上帝眼里的坏女人。

可人生若是永远正确，该多么无趣。

她喜欢智树，以至都不在意他出现得如此之晚，晚到她已经深陷婚姻泥沼，晚到他已没有多少生命可以浪费虚掷。

她不在意，她全都不在意。

只要你终于出现了，就好，就好。

她每天心心念念地规划着他们的未来。她肯定是要与南川离婚的，不论有多艰难。她想跟智树去个南方小镇，或者往北走一走，随便哪里都好，只要跟他在一起就好。幸运的话，他的生命可以撑久一点，他们会有孩子，会有家庭，会幸福生活，直到死亡将他们分开。

挽着他的手时，她就是这样相信的。

她如此隐秘又热烈地爱着智树，以至完全没注意到自己正做着的事情岂止是错误，已经变得荒唐，变得疯狂，变得无法无天。

她眼睛里只有那份终于到来的爱情，再看不到其他。

母亲的身体已经恢复得差不多，不日就可以出院，南川在医院照顾着。

她休整一天，夜色深重后，便骑上单车，去见智树。

她悠悠然地在已没有多少行人的路上骑着单车，头顶的夜色真美啊，美到她忍不住荒腔走板地哼起不知名字的歌，就连身下轻巧前行的单车都像在给她鼓舞士气。

智树就在不远处了。

智树就在她面前了。

他轻轻抚摸她的头发，接过单车，她坐到后座上，紧紧抱住他的腰，他骑得很稳，让她感觉安全踏实。

夜色中已少有人往来，那条长长的小路，让她错觉自己已经和智树过完大半生。

经过那座小桥时，她想招呼他停下来，想和他就着天空与水面的月色聊聊天，可昏暗的灯光让他没有看到路面石子，车子重重颠簸了一下，车身失去平衡，他一下失去控制，单车冲出桥面，落入河中。

她都没来得及呼救，整个人就被黑暗的河水团团围住。

她不会游泳，只在一瞬间，她就已陷在水中。

月光呢，小桥呢，公园呢，他呢？

她分不清方向，辨不明路程，就那么直直地沉了下去。

是要死了吗？

她想。

二

　　直到很久以后，初芝还是会做噩梦，梦里她被嗜血怪兽追赶，她拼尽全力，依然无法逃脱，怪兽刀疤横贯而过的脸近在眼前，眼看就要将她置于爪下，她却无力反抗，最终从噩梦中惊醒。

　　她原以为自己有父母，有朋友，若真的遇到危险，总不至完全孤立无援。可当真的遇到，才发觉面对世界，人类能依赖的，从来都只有自己。等待救援，大多死路一条。

　　怪兽的脸还在眼前，可她知道，真正可怕的从来不是怪兽，而是那些看不到的黑暗心脏，它们永远在幽暗处不懈地跳动着，你不知道它们何时会吐出剧毒的芯子，让你在一个瞬间后，便再无生还的可能。

　　好在来日方长，好在她依然年轻，依然有时间忘记所有的一切。

　　她全身心地投入到工作中，所有人都以为她会消沉好长一段时间，谁都没有料到她竟如此迅速地振作了起来。每个不明真相的人都说她是个了不起的女人，说她是真正的时代新女性，说她坚强、勇敢，能应对任何糟糕的状况。

　　可只有她自己知道，她只是不想要给自己哪怕一丁点的时间用来回想过去那段日子。只要一想到那张脸，她就忍不住浑身颤抖。

　　但时间到底是慢慢过去了，她感觉到自己缺失掉的那部分信任也已经在渐渐重建，她终于开始觉得自己距离曾经那个正常的自己越来越接近。

　　她坐在客厅沙发上，长长地呼出一口气。

这时电视里突然出现了那个男人的脸。

他在哭，他对着镜头流了好多眼泪，看起来温柔诚恳。

"我不知道为什么会发生这种事情，她是个那么好的人，希望警方能彻查清楚她的死因。"他悲恸地说。

初芝的手在发抖，初芝全身都在发抖，她猛地把手中的水杯摔出去。

终于大叫出声。

三

阿望始终坚信，尹美浓一定是被她丈夫南川杀害的。

为什么？这还用问吗？当然为了骗取保险金。

收到消息那天，阿望刚加完班。身为新人，没有资格，也没有胆量拒绝任何砸到他头上的任务，每个人都打着让他多多锻炼的旗号，将自己不愿意做的事推到他头上，阿望全都接下来，并不是他天性善良，只是他无法再失去这份工作。

用大人们的话讲，年少轻狂时，他交了坏朋友，跟着他们混迹街头，常常欺负弱小，偶尔小偷小摸。按照原先的人生剧本，他应该会像每一个曾经有过不良少年梦的男生一样，到某个年纪后，开始知道懂事，找一份出卖劳力的工作，到了合适的年纪，迎娶同乡介绍的女孩。等有了自己的孩子，就假装那段荒唐羞耻的青春岁月是不曾存在过的。再过几年，如果幸运地熬到了能把酒话当年的年纪，曾经那些街头往事就会变成他口中壮烈的英雄勋章，讲给已经不再尊重他的叛逆期儿女听。再后来，儿女长大，他就老了。

原本应该是这样的人生。

可阿望的一时犹豫，让自己再没有拥有这平庸人生的机会。

那次他们一起偷了一户人家，要离开时，才发现那家的女儿是在家的，那个女孩子眼睛大大的，惊慌地看着这群突然出现的陌生男孩，正要开口呼救。大哥一时不知所措地冲上去，一拳把她打晕过去，大哥还要继续下毒手，被他阻拦下来。

但事情性质已然完全变了。

罪名从偷窃变成入室抢劫加故意伤害，他作为从犯被判刑五年。

那五年里，他吃尽了无法想象的苦，好多次望着头顶的四方天空，想着如果就这么死掉，或许也不是坏事。

但也只是想想罢了，他到底是个懦弱的人。

五年后，他出狱，以为自己已经做好万全的心理准备，但真正走进这个已经与五年前不再一样的社会时，他发现自己实在太过天真。

外面早就已经没有他的位置。

单是"坐过牢"这一项，就已经可以把他所有后路全部堵死。没人愿意用他，没人愿意信任他，甚至没人愿意理睬他。他成了瘟神，成了疾病，成了路边不敢过街的老鼠。

原来真正的惩罚是在离开监狱后才开始的。

什么时候才是个头，他苦笑着想。

我罪不至此吧，我真的罪不至此吧！

他哭都哭不出来，只在每晚入睡前，盼望着明天的自己不要再醒来。

所以当父亲终于万般卑躬屈膝地去和旧日战友为他求来这么一份保险业务员的工作时，他简直欣喜若狂。不是这工作有多好，也不是他多渴求上进，他只是需要一个实实在在的东西，告诉他，他还被需要、被期待、被信任着。

入职第一天就接到一个大单，那个叫南川的男人为妻子尹美浓投保了一份两百万的人身意外险。那是阿望几辈子都赚不到的钱，他一定是真的很爱他的妻子。

当时若是有前辈稍微提点一下他，他也不会真的就把通过报告交上去，他的调查会更细致、更谨慎。他就会发现两人才刚结婚四个月，并且是认识三个月后就闪婚的，这一切都太过可疑。

可是没有如果。他查过南川和尹美浓的基本资质、银行信用等规定流程后，就兴冲冲地帮他们办下这份保险，第三天生效。

再两个月后，尹美浓坠河溺亡。

公司创立二十年，从没有出过这么大数额的保单。

"这单子公司绝不会这么吞下来，我不管你用什么方法，必须给我把这件事平了。"上司表情冰冷，"不然两百万，你出。"

保险业竟是如此运作的吗？他惊恐地想。

根本没有别的可能，一定是南川为了骗保险金，设计谋杀了尹美浓。

可他到底是怎么做的？

阿望去警局询问，那个高高瘦瘦的警官只说结果还没出，让他耐心等等。

"会按意外身亡结案吗？"

"我说了，结果还没出，等定了，会有人告诉你的，行了吗？"警官已经不耐烦。

"可是……"他还没来得及再问，就被挡了出来。

于是他又去找南川，他不敢说公司根本就没打算付这笔保险金，只是说来了解情况。

"死亡证明就快开下来了，到时候还要请你多帮忙。"南川痛苦中又带着一丝庆幸，"这笔钱我都不知道该用什么样的心情面对。"

"您节哀顺变。"阿望仔细观察南川。

他一定是在假装悲痛，他一定躲在家里偷偷乐。

我不会让你得逞的，阿望恶狠狠地想。

他躲在南川家门口的街拐角处，准备等南川出门，跟踪上去查他所有的行踪。阿望打定主意一定要找到南川的破绽，既然警察已经靠不住，那他只有靠自己。

如果这两百万保险金最后公司不得不出，那不只他的工作，怕是连父亲都会一并无法在沼津继续生存下去。

一定要查到。

天色渐亮时，他听到声音醒过来，正看到南川打扮整齐地走出门，他揉揉眼睛，跟了上去。

南川悠闲地散步，一直走到中央公园尹美浓溺水身亡的那条河边。他对着那条河发了半天愣，终于叹了口气，在草坪上席地而坐。

他愣愣地盯着河面，很久都没动。

阿望躲在南川身后不远处的树后，搞不懂这个男人到底在做什么，悼念亡妻？不可能，绝对不可能，他明明是为了保险金而杀掉妻子的邪恶男人，他怎么可能是在认真悼念。

阿望极力否定自己的想法，可紧接着，南川的后背就开始发抖。

他竟然在哭？

阿望不敢相信地盯着南川的后背。

他真的在哭？

我误会他了？

尹美浓真的是意外身亡？

阿望突然觉得愧疚难当，自己竟因为一笔钱，就如此阴暗地揣测他人，实在太过分。

其实若是不去管那些胡乱揣测，此刻的南川只是一个刚刚失去妻子的悲伤男人罢了。

阿望叹了口气。

果然要完蛋的只能是我。

阿望失去力量一般地起身准备回家，他沿着那条路走上小桥，家就在步行十五分钟的小区。

他回过头，想与那个并不比他幸运多少的悲伤男人告别。

他就这样看到了南川的脸。

他看到南川在笑。

南川低着头，斜斜地歪着嘴，用尽全身力气地大笑着。

四

"按惯例来讲，谋杀案中死者若是已婚，凶手是配偶的几率大概占到七成。"前辈曾经这样对小野说过。

那时他才刚从警校毕业，还不能理解为什么因爱而生的婚姻，最后会变成挥向对方的屠刀。

曾经有件案子，一个女孩子因不堪忍受家暴，趁丈夫喝醉睡着，朝丈夫脖子砍了十五刀，床板几乎被砍透，才终于停手。

放下刀，她去洗漱打扮好，打电话报警自首。

当时小野问她，为什么不能离婚。

那个女孩子看着小野，突然笑了。

"他曾经结过婚。"女孩子说，"后来那个女人被他打死了，你猜他被判了几年？"

小野沉默。

"六年半。"女孩子低下头，又笑了，"罪名是虐待罪，明明是故意杀人，却只被判虐待罪而已。"

"他在狱中表现很好，四年半就提前出狱，换个城市，换种嘴脸，继续生活。我嫁给他后才知道这些。"

"我要怎么跑呢，我要怎么离婚呢，他要杀我家人的呀。"

"他把我打死，只需要坐六年半的牢，我把他打死，却要拿命去偿还，这世界是怎么回事呢？"

那天的夕阳很美，小野看着她苦笑的脸，第一次觉得生而为人，实在太过抱歉。

他早已对婚姻失去兴趣。阿春大约是他最后一次燃起的希望，阿春死后，他便成了真正的孤家寡人。

也不知是否天意弄人，阿春死后，竟有越来越多夫妻间的杀人案件落在他手里，对婚姻的失望自不必提，厌倦也愈加浓烈。所以当一个少妇坠河溺亡时，他几乎头也没抬，就对手下说，去查查她老公吧。

一无所获，惯例并没有惯到尹美浓的丈夫南川头上。

南川，三十二岁，银行中层，为人谦和有礼，从不与他人起冲突。同事、学生、亲人、朋友都对他夸赞有加。曾有过一段失败的婚姻，因女方出轨而告终。去年经人介绍，与尹美浓相识，三个月后闪婚，半年后，尹美浓坠河溺亡。

之所以他身上疑点最大，是因为在尹美浓溺亡两个月前，他刚给尹美浓买了保额达两百万的人身意外险，这份被保险界称作"求死险"的保险，足以让警察把他的身家底细全都调查一遍。

可是真的一无所获。

他风评极好，没有外遇，没有财务纠纷，不赌不嫖不吸毒，婚后不久，岳母病倒，他送去给相熟的医生诊治，还日夜守候照顾。下班后除去看书，就是傍晚散步，生活简单乏味，无趣透顶。

"他前妻病好出院后，就立刻离婚了，真是个薄情的女人。"手下那个新来的小姑娘这样跟小野报告。

小野只是笑笑，没多说什么。

南川在尹美浓坠河溺亡的那晚，是有不在场证明的。当晚他在医院守夜照顾岳母，岳母和当晚的值班护士都可以做证，他不在的时间没有久到可以来回河边和医院。

真的不是他？

那可是两百万保险金。

小野始终不认为他有看起来的那么良善无辜。

他在医院找到南川时，南川正在为他的岳母擦洗身体。

"还没告诉她美浓的事，怕她受不了。"南川局促地坐在小野身旁。

"死亡证明应该很快就可以开下来。"小野轻声说。

"嗯。"

"你不在乎？"

"你也在怀疑是我干的吧。"南川转过头，轻轻苦笑。

"我没那么说。"

"没关系的。"南川叹口气，"每个人都在怀疑我，保险公司、亲戚朋友、我认识的、我不认识的，每个人都觉得我是为了两百万。"

"你是吗？"小野直视着他的眼睛。

南川没有丝毫闪躲，从他眼睛里只看得到彻骨失望。

"警官，你有没有想过，我有可能是因为爱她，才买了这份保险呢？"

小野差点没忍住自己的冷笑。

"我知道可能性很小，现在的我看起来大概就是个图财害命的黑心丈夫，可有没有可能，一点点的可能，我是因为爱她，因为想要让她活得更周全平安，才买下这份保险呢？然后她就真的遇到了意外。"南川已经完全遮掩不住他对人、对事、对世界，包括对眼前这个警察的巨大失望。

"你们真的就没有想过，有这个可能吗？"南川垂下了头。

小野不知该如何接话，因为他们确实没有那么想过。怎么可能呢，一边是闪婚不到半年的妻子，一边是两百万巨款，任谁都不会去想其他可能的。

小野问自己，真的有那个可能吗？

可如果不是他，又会是谁。

小野想不通，他们夫妻的人际关系都极其简单，就目前调查到的情况，嫌疑最大的人就是南川。若是将他排除，那他们的调查会立刻掉进汪洋大海中。

"警官，你知道……"南川话没说完，小野的手机铃声突然响起。

"老大，尹美浓是有外遇的。"手下给出了新的线索。

挂掉电话，小野重新坐到南川身旁。

应该用什么眼光来看他？满腹仇恨的杀手，还是被蒙在鼓里的可悲丈夫？

"警官，你知道吗？当你爱着一个人的时候，你就会觉得自己无所不能。"南川看着草坪，又看着远方天空。

可悲丈夫。

五

不像其他依然年轻的护士，已经在医院工作快二十年的朱美喜欢值夜班。

那是医院里难得的静谧时刻。病人都已睡去,那些年纪还轻的女孩子也都打着盹,值班医生大多在忙着准备手术或考试。朱美可以坐在窗前,盯着夜色发一会儿呆。

沼津的夜总是温厚的,像熟识的兄长,无论你何时归来,总愿意停下脚步,听你讲讲最近人生是否顺遂幸福。有微风吹到脸上时,朱美甚至愿意笑一笑,愿意暂时忘掉那个大学毕业后没有工作赋闲在家里的儿子,忘记已经不记得上一次说话是何年何月的丈夫,忘记已经身陷其中、无法自拔的麻木生活。

她是喜欢着这个时刻的。

除非有讨人厌的女人出来捣乱,比如尹美浓。

面对尹美浓,朱美只觉得"凭什么"。

凭什么她能轻而易举地拥有一切,良好的出身、闻名的大学、体面的工作、温柔的丈夫,还有——朱美停顿了一下,她还不确定自己是不是真的要这么形容智树,不管了——还有英俊的情人。

在拥有这一切后,她还拥有着该死的天真和善良。

朱美不懂为什么能有人活得那么奢侈,却依然整日苦着脸,仿佛世界依然欠她。

最开始朱美只把她当作又一个讨人厌的病人家属,等病人出院,就可以不再面对。当她一脸真诚地对自己说"朱美姐你保养得真好""在你这个年纪真的是很难得的"时,朱美几乎要将"所以在你眼里我就应该是个一脸皱纹的老女人是吗"说出口。

朱美明白她没有恶意,她不过是从小到大都被父母朋友保护得太好，所以不懂得人间疾苦，不明白人世凉薄，不懂得该如何正确地与每个不同的人相处，误以为全世界都明白她的天真无辜。

朱美知道自己不该讨厌她，可朱美做不到。

凭什么她可以天真，凭什么她可以无辜，她懵懂的善良和无意的纯洁，都如同扎进朱美心头的一根根刺，她越是纯洁无邪，朱美就越讨厌她。

每一次踏进尹美浓母亲病房前，朱美都要闭眼告诉自己，就快了，就快了，很快她母亲就可以康复出院，她就可以永远不再见到那个女人，她会像每一个出院的病人那样，消失在茫茫人海中。

直到那天，朱美下班回家，在医院旁边小路的树荫中看到正在接吻的尹美浓和智树。

她突然慌了，她脸红耳热地逃回医院，逃回更衣室，坐在冰凉的皮革长椅上，用力地深呼吸良久，才终于平静下来。

凭什么。

朱美又一次问，她凭什么连智树都要抢走。

智树是朱美生活中仅剩不多的温柔。

他去年住进来，就再没离开过，他的肾脏像跟他开玩笑一样地不时停止运转，他没有家人，没有朋友，也没有多少钱，患了严重疾病，也不见有人过来探望。但他从未怨天尤人，即便找到合适的肾源也几乎已经不可能，找到肾源他也不会有钱做手术，他的生命已经实际意义上地进入了倒计时。

做护士这么多年，朱美见过太多在死亡面前丢了尊严、失了体面的人，这没什么好苛责的，谁都怕死，但那到底难堪。所以智树才那么难得，他永远温和地对你笑，永远轻声细语地告诉你，他有点痛，能不能给他一点止痛药。

就好像他的生命里从不存在"歇斯底里"这个词。

朱美说不清自己是把智树当作她从不曾拥有过的乖巧儿子，还是不可言说的亲密情人。可她是真的在意着这个无依无靠的年轻男孩。她自己的儿子那么愚钝糟糕，她自己的丈夫都已经快变成陌生人。她需要智树，就像夜空需要星辰。

可现在智树就要被那个女人抢走了，不，应该是已经抢走了吧？

她在更衣室颤抖地呼吸着。

可她有什么资格觉得难过呢。她冲着紧锁着的冰冷衣柜笑了笑，连难过、痛苦也是需要资格的。

于她而言，智树不过是个可爱的病人，他再怎么温柔懂事，也不过是个病人。

于智树而言，她不过是个对他多加照顾的护士老女人，对，就是老女人，不具有任何其他意义的老女人。

她连伤心都找不到理由。

她重新走出医院门口时，正巧遇到智树回来，他满脸笑容地和她打招呼，眼睛里像刚刚住进了整个春天。她也笑着跟他打招呼。再往外走，就遇到了尹美浓。两人还特意前后分开回来，尹美浓正边走边整理散开的发丝，那是被智树揉开的吧。尹美浓伸出手向她问好，朱美目不斜视地与她擦肩而过。

罢了，罢了。

朱美走在回家的路上，路灯的光昏黄暧昧，她感觉身体里有什么东西彻底熄灭了。

那之后，朱美刻意回避着这两个人，可有什么用呢，那些克制不住的眼波流转，那些无法遮掩的汹涌爱意，哪里是她想回避就能回避得掉的。

她看着智树依然寻常地每天傍晚出门散步，她听着小护士们小声说着他与尹美浓的八卦，说他与尹美浓在河边接吻，说他对着夜空、对着河水、对着对岸森林，痴痴傻傻地笑。

她感觉自己的心在一点点沉下去，沉下去，沉到无尽黑暗中去。

她仍旧尽心尽力地照顾着这个男孩子，她多想跟他说，和那个女人是不可能有未来的。但然后呢，智树能不能活到下一个秋天都很难说，她不忍心再以保护的名义去剥夺这或许是末日狂欢的点点欢愉。

那一晚是朱美值班，她趴在窗口吹冷风，想着若是有一天智树真的和那个女人私奔而去，她该如何面对接下来的无味生活。

智树就是这个时候出现在视野里的，他一副精心打扮过的样子。才刚刚做完透析，身体还那么虚弱，就又要去见那个女人吗？

朱美回身看看医院，平静如常，这个时候已经少有人前来就医。她思考片刻，换上衣服，跟了出去，她说不清楚自己究竟想要看到什么。

是想看到年轻男女恋爱的香艳场面，好慰藉她寂寞已久的心？还是想要看到他与她在一起时确实有着牢固的快乐，好让她从此放下心来，对他彻底放手？

她说不清楚。

或许只是需要一个真正的最后死心的理由。

朱美跟了出去。

朱美看到他和尹美浓在中央公园见面，看到他骑车带着她，看到她坐在车后座上紧紧抱着他的腰。

她全都看在眼里，她的心却越加平静下来。

就这样吧。她叹口气，转身准备回医院。

坠河的声音就是在这个时候传来的。她望过去，远远看到智树和尹美浓连同他们所骑的单车，一起冲出桥面，坠落河中。夜色中，他们两个如同两个失控的模糊鬼魅，在水中疯狂挣扎。

朱美正要出声呼救，却看到黑暗中智树的身影已经游上了岸，上岸后，智树似乎根本还没反应过来发生了什么似的，他一个人坐在岸边静静发呆。突然，他像是刚刚从死里逃生的惊恐中想起尹美浓还在河里，旋即又跳进河水中去救她。

傻孩子，让那个女人自生自灭，不是很好吗？

朱美不无恶毒地想。

可智树身体虚弱，即便用尽全力，也无法将尹美浓救上来。幽远的夜色中，他使出全部力量想要将已经被溺水吓到极度恐慌的尹美浓提上水面，可尹美浓似乎已经无法辨清方向，只知道胡乱抓挠，智树本就没有太多余力，被她一闹，更加力不从心，始终无法将尹美浓拽上岸，两人溅起的水花在浓浓夜色中折射着昏黄路灯的光，一团遥远的模糊雾气中，两人始终挣扎不休，明明时间很短，朱美却觉得过去了好久好久。这个女人真是够了，要死就去死，想得救就乖乖等着被救，胡乱折腾什么，非要让智树也陪她一起死掉才罢休吗？朱美都已经开始担心智树会不会也被尹美浓连累到沉入水中，才看到那个小小的清瘦身影终于重新游上岸，他终究没能将尹美浓救上来。

她看不清他的表情，她只听得到他爆发出的哭声。

尹美浓已经死了吧。

朱美转过身，将号啕大哭的智树扔在身后。

哭吧，哭吧，大哭一场，然后把她忘了吧。

她步子轻快，嘴里哼起忘记名字的旧时流行歌曲。

六

小野第一次正式传唤南川。

他如深夜湖水般平静地坐在对面，让小野格外不适。那个座位向来只有慌乱，不论是清白，还是有罪，一旦坐到那里，都会不自觉开始不安。

南川却平静得很，就像坐在他对面的并非冷峻的刑警，而只是他手下无用的员工。

"尹美浓是有外遇的，这你知道吗？"小野直入主题。

"不知道。"南川更加直接。

小野被哽住两秒钟，南川没有否认，也没有崩溃，只淡淡说他不知道。

"所以……"小野为自己就此落入下风而懊恼不已。

"你们是想说，我知道她有外遇，所以就杀了她吗？"南川坦荡荡地注视着小野。

"只是了解情况罢了。"小野恢复平静。

"我知道的，她已经死了，你们要把她人生的所有细节全都翻出来，掰开揉碎，才能完结这件事，我知道的。"南川眼中闪过一丝黯然。

那一刻，小野竟有一丝不忍。

"其实我该崩溃的。"南川抬起头，"我刚刚知道她爱着别的男人，我该崩溃的，可我做不出来。"

南川双手放到桌子上，身体前倾，凑近小野："我真的做不出来，那太难看了，真的太难看了，我已经被你们怀疑是杀人凶手，就不要再做个蒙在鼓里的可悲男人了吧。"

"你真的是刚刚才知道？"小野盯着他的眼睛，可那双眼睛里只有深不见底的哀伤。

"随便吧，你们要是真的需要一个动机，把它安到我头上，也没什么。"南川叹气。

小野知道自己该专业，该冷静，可此刻，他竟觉得不忍。面前这个男人刚刚失去妻子，又得知妻子一直在出轨，小野不敢想象此刻的他心底里到底涌上来多少绝望。

"那个男人叫智树，身患重病，与你岳母住在同一家医院。"小野本不该把这些信息告诉他，以防南川前去报复，可这一刻他无法忍住，好像告诉了他，自己心中的愧疚与不忍就能变轻一些。

"嗯。"

"那个男人已经病重，活不了太久。"

"你放心，我不会为难他。"南川说。

送走南川时，正遇到手下带回智树，看着两人擦肩而过的身影。小野忍不住感叹，原本没有关系的两人就这样被缠进同一件案子里，世间命运，当真奇妙。

对智树的询问很顺利，他身体已然病重。据医院讲，现在的他看起来还如常人一般，但其实只是靠仪器维持，说不定哪一天便会倏然死去。

"医生说，现在大家对他，大多只是怜悯罢了。"手下如是告知小野。

他们找到智树时，他正在河边散步，医院的人说他向来喜爱那条河，原本以为会在河边散步至生命终了，却没有想到，向上帝交出生命前，先在这里见证了另一个女人的死亡。

那个女人还是他用尽最后一点力气爱着的人。

尹美浓出事那晚，智树没有不在场证明。只有护士证明，那天智树做完透析后，虽然身体虚弱，但还是趁着夜色出了门。

目前为止，除去南川，他的嫌疑是最大的。

"尹美浓出事那晚，是和你在一起吧？"小野单刀直入。

"是……"智树低头轻声承认。

"她是怎么死的？"

沉默。

长久的沉默。

智树在那一束夕阳里一直沉默着，守在外面的部下已经沉不住气，小野示意他们再等等，给他多一点时间。

"是我杀的。"

夕阳彻底从窗口消失时，智树终于开口。

七

审讯室外一阵骚动，小野挥挥手，示意他们不要激动。

"那天是我骑车带她经过那座桥的，我见到她太开心，没注意路上情况。天色很暗，我看不清楚路上到底有什么，经过那座桥时，车轮轧到一颗石子，我原本没有那么在意，可我高估了自己的力气，那天我刚刚做完透析，只一颗石子，就让我失去平衡，和她一起掉进河里。"

"然后呢。"小野神情格外冷峻。

他沉默许久，终于下定决心一般地开口。

"警官，你知道的吧，我本来就已经没有多长时间好活了，这么久以来，我原本以为自己早就不在乎生死，只需要静静等待最后那个结束就好。"智树深深呼吸，"可在落水的那一刻，我突然发现自己求生的本能依然还在，发现自己依然那么强烈地想要活下去，所以……"

"所以？"

"所以我没有顾上救她，自己游上了岸……"

智树眼看就要哭出声音，小野明白过来，他口中的"是我杀的"只是出于愧疚之心。

"所以依然是意外。"

"不，如果我能早一点回身去救她，她就不会死。"

"就算你这么说，其实根本没有证据证明吧，如果是你故意杀人，之后编出这样一套说辞，也说得通，不是吗？"

智树吃惊地看着他的脸，像是不敢相信自己听到的话。

"可是我爱她啊……"智树急着争辩，脸憋得通红。

"也只是你的一面之词，不是吗？毕竟——"他身体前倾，凑近智树，"她已经死了。"

智树泄气般地靠在椅背上，眼睛慌乱地四处打量，像是审讯室的墙壁上有证明他清白的证据。

"可是……我……我没有动机啊……我们都已经决定要远走高飞了！"智树乱了阵脚。

"也许她后悔了？毕竟另一边是她的新婚丈夫，这个时候幡然醒悟，想要回归家庭，也不是不可能。"小野刻意轻描淡写地说着性命攸关的事。

"可是……可是……"智树一瞬间抓到救命稻草，"你们也没有证明我就是凶手的证据，对不对？"

小野微笑看着他，尽量维持冷静，但智树说对了，他们确实没有。尹美浓身上没有挣扎的痕迹，也没有抓过智树的痕迹。

"那我就只是有嫌疑，对不对？你们无权拘留我，对不对？是不是这样？"他几乎语无伦次。

"我们总有办法得到我们想要的东西。"小野依然沉稳。

这时，外面响起一阵嘈杂声，一个中年女人闯进来，部下阻拦不住，那女人冲到小野面前。

"我能证明，我能证明，你别拦着我啊。"女人甩开小野部下的手，"我那天看到了。"

"你看到了什么？"

"我看到智树和尹美浓一起落水，智树游上岸后，重新跳下水去救尹美浓。"朱美说。

"你为什么没有早站出来说。"小野看着她，语气严肃。

"我……不想让人知道我那晚有跟踪智树。"

"跟踪？"小野感觉自己被卷进越来越多的旋涡中。

"我……我在乎智树。"朱美下定决心一般，"他没有家人，这么久以来，都是我在照顾他，我在乎他。"

"你说的这些都是要作为呈堂证供的，做伪证是要坐牢的，你确定？"

"我确定。"朱美眼神坚定，义无反顾。

夜色终于降临，小野对着审讯室中的两人，叹了口气。

送智树与朱美离开后，小野在警局门口的长椅上坐了一会儿。大概这次真的是例外，凶手确实不是死者的爱人，无论是哪种意义上的。

但小野其实是高兴的，警察这个职业做得越久，就会越不相信世界上还存在例外，每一种罪恶、每一份爱意，说到底都曾在这世间存在过千百次，没什么稀奇。有那么多人犯罪的动机只是为了追求某种虚无的独一无二，可实际上，在警察眼中，那不过是又一场雷同的崩溃人生罢了。

尹美浓人际关系简单，地毯式走访后，依然没有找到仇家，嫌疑最大的两个男人都有证实自己无罪的证明。丈夫南川的证明是尹美浓的母亲和医院的值班医生护士，智树的证明是刚做过透析所以身体虚弱的病历和朱美。

这些都不算是牢不可破的证据，但依然有说服力。因为他拿到尹美浓的尸检报告后，发现尹美浓身上没有丝毫与人搏斗挣扎过的痕迹，完全符合意外落水的迹象，且她没有被下过镇静剂等类似药物。她是在完全清醒的状态下，几乎毫无搏斗痕迹地落水溺亡的。

所以即便南川和智树的无罪证明并没有那么坚不可摧，却已经没有了继续调查下去的理由。

甚至，小野还让部下去查了南川和智树是不是有交集，万一他们两个合谋，那无罪证明就都要重新查过。

可两人从小到大，完全没有任何交集。

所以这一次，尹美浓大概真的只是个倒霉女人。

小野叹口气，站起身回局里准备按意外事故结案。转过身他就看到那个叫阿望的保险业务员正等在警局大厅门口，站在他身旁的是尹美浓的母亲，那个气质很好但温柔软弱的中年女人。

"警官，尹美浓的案子怎么样了？"阿望冲上来问。

"准备按意外事故结案了。"小野本没有义务告诉他，但旁边一脸憔悴的尹美浓妈妈还是让他把赶人的话咽了回去。

"钱就白白便宜给那个男人吗？"阿望情绪激动。

"那又怎么样？"小野反问，这个男人把受害者家属搬出来作自己私心的挡箭牌，简直太过分。

"明明就是那个男人杀的我们美浓啊。"阿望竟然像在说自己的姐妹一样，他扶着尹美浓妈妈的手臂，"尹妈妈，您说两句啊。"

尹美浓妈妈为难地看着小野："真的只是意外，是吗？"

小野点点头："尸检结果已经出来了，是溺水身亡，没有搏斗过的痕迹，其他人的嫌疑也基本排除，可以定性为意外事故，详细的报告我之后会让人拿给您看。"

"好吧。"尹美浓妈妈点点头。

阿望见尹美浓妈妈已经接受这个结果，忙挡在她身前，勇敢地抬头盯着小野："你知道尹妈妈是什么身份吗？你知道我们可以让你当不成警察吗？我们要求更加详细地彻查！"

小野奇怪地看着此刻表情扭曲得有些滑稽的阿望："做不做警察，不需要你来告诉我，调查是不是详尽确实，也不需要你来告诉我，你尽可以做你能做到的事情。"

小野转身对尹美浓妈妈微微躬身："我还有事要忙，您节哀顺变。"

"你这样会让更多无辜的人死掉的！"小野快要拐进办公楼时，听到身后的阿望这样大喊。

他转过身，看到阿望眼中的绝望。

八

完了，一切都完了。

阿望失魂落魄地走在沼津街头，眼前是沼津的漂亮夜景，可他眼中却只剩一片荒芜。

上司大约是不会真的让他赔这两百万，何况即便将他本人卖掉，也是不可能卖到两百万的，但工作是肯定保不住了。

他已经不想再去面对从头开始的人生，面对每个人布满防备的冷眼，面对父亲连绵不绝的哀叹。

不想再看到那样的人生。

可已经毫无办法。

沼津很大，世界很大，可目之所及，已经没有自己重新开始的地方。犯罪记录早就登记在网络上，逃到天边去，雇主想要查你的过往，也依然轻而易举。

只剩出国了。

出国吧。

他忽然燃起希望，又旋即放下。怎么可能呢。他笑话自己。

都不一定出得了沼津，谈什么出国。

已经没有路可以走。

看那个警官的表情，大概不用几天，案件就能以"意外事故"结案。接下来就是保险的赔偿流程，作为公司史上赔出的最高数额，他大概是要被载入公司史册，作为反面教材，告诫后来人一旦放出那么大数额的保险，拼死也不能让警方以"意外事故"结案。

"不然你们就会像那个坐过牢的男人一样死无葬身之地。"

阿望能想象得出上司到时候说出这句话的语气。

他只不过是想要忘掉过去，重新开始生活罢了，为什么就这么难呢？

他不知道该去问谁。他也没有力气再去追问。

路上没有人注意他，他就算死掉，也不会登上报纸哪怕一小块版面。

他早就已经被这个社会认定为不再被需要的人。

那就算了吧。

他叹了口气。

拼命挣扎什么的，太累了。

他终于走到尹美浓溺亡的那条河上，夜色中的那条河看起来宁静柔美，原本应是约会恋爱的好地方，却因为地处偏僻，而少有人来，真是浪费。

阿望扶着栏杆，想象尹美浓死前在想些什么。

她会害怕吗？

她会绝望吗？

她会如他一般，觉得或许死掉也没什么大不了的吗？

你若真的是被人害死的，要告诉我，现在可是最后的机会。

阿望盯着水面，看了很久，等了很久。然后翻过栏杆，跳了下去。

就这样吧，没必要再继续下去。活着到底有什么意义，他找不到，他也不想再找。

尹美浓会被以"意外事故"归进档案，两百万会落到南川手中，自己的父亲也不会再为他这个不争气的儿子生气。

真是皆大欢喜的结局。

早知道应该也给自己买一份人身意外险的，受益人就填父亲的名字。

不过已经来不及了。

这一趟人生，我算来过了。

我不曾快乐，也不曾满足，我只是来过，我现在要走了。

没有人需要我，没有人在意我，没有人与我休戚与共，也没有人伸手救我于水火。

就在这里结束吧。

阿望已经感觉到凉凉的河水没过了他的脸，他的肩膀，他的腰腹，他的大腿……

就在那个瞬间，电光石火一般地，他看到了尹美浓并非意外身亡的证据。

但紧接着，扑通一声。

他整个人坠入水中。

九

"尹美浓是南川杀的。"

很久之后，小野都不会忘记遇到初芝的那个夜晚。

那晚他把关于尹美浓意外身亡的所有材料全部整理好，已经是晚上十点半，小野伸伸懒腰，从警局走出来。沼津的夜色仍旧漂亮，他向家的方向走去。

做警察的这些年来，他习惯以最坏的恶意去揣测眼前的每一个人，他到底还是没有像前辈一样，练就一双永远旁观的冷眼。他能做的只有无差别地以恶意揣测对方。

当然，会落到他手中的人，大多也不会是好人。

前辈曾说他如此行事，只能撑得住一时，若想长久，是行不通的。但他暂时还做不到前辈所说，只能尽自己所能，不放过任何一个可能的坏人。

但世界上到底还是存在着例外的，就像并非每个死掉的妻子都是丈夫所杀。七成的概率意味着即便遇到三成中的一个，也是毫不奇怪的事情。

"尹美浓是南川杀的。"

快到家时，那个声音从背后传来，小野摆出防备的姿态转过身，看到了瘦弱的初芝。

"尹美浓一定是南川杀的。"初芝眼神坚定。

小野坐在家中沙发上，用了很长时间，才反应过来初芝口中到底讲了一个什么样的故事。

"他们原本想要杀掉的是我。"初芝说。

初芝就是南川那段失败婚姻里的"出轨妻子"，在初芝想要辩解时，南川早已经先下手为强地将谣言散布出去，他是那个被伤害的好男人，她是那个水性杨花的坏女人，她再去解释，已经没人愿意相信。

"更何况，我也不敢解释，我害怕他再回过头来杀我。"

初芝与南川也是闪婚，他们相识两个月后便登记结婚，最开始初芝也以为自己终于交了好运，遇到这样温柔、体贴的完美丈夫，可没过多久，她就发现这个男人不对劲。

他常常晚归却说不清楚原因，他常常看着初芝出神，但那眼神中却绝不是爱意，那是一种初芝看不清楚的迷离复杂的神情。更可怕的是，有一天半夜，初芝睡醒翻身时，抬眼就看到南川正直勾勾地盯着自己看。

她当即被吓到后背发凉，逃回娘家。

她想离婚，可法院不受理，因他并未做出任何伤害她的事。只有她自己知道他有多让人毛骨悚然。

她找私人侦探跟踪他，发现他毫无越轨举动，每天照常上下班，吃饭、散步，走到中央公园河边坐下，发呆到天黑，然后起身回家。

"就是这个每天散步的举动让我发现了他真正想要的东西。"初芝说。

"什么？"

"我的命，他想要我的命。"

如尹美浓一般，南川也给初芝买了巨额人身意外险，他一直在找机会杀掉初芝，继而伪装成意外事故，骗取保险金。

"他到底要那么多钱做什么？"小野问，"他看起来那么看淡金钱，都是假象吗？"

"都是真的。"初芝说，"可那是在他遇到智树之前。"

智树。

"或者说，在他与智树重逢之前。"

初芝曾病重住院，南川在医院照顾她时，与失散多年的已病入膏肓、长期住院的智树重逢了。

"他们两个早就认识？"

"是的。"

"为什么我们完全查不到他们两人的交集？"

"因为他们原本就是没有交集的。"

小野听不懂这话到底什么意思。

智树在孤儿院长大，孤僻的南川幼时常背着父母，独自上孤儿院所在的山上去玩，认识了同样无人在意的智树，两人如此隐秘相伴地长大到十五岁，后来智树被领养，两人断了联络。再后来，智树的养父母意外去世，智树重新开始无依无靠的生活，拿着养父母留下的并不多的遗产勉强度日。大学毕业后，智树回到沼津，工作几年后，智树发现自己得了重病，时日无多，遂身心麻木地留在医院里打发无趣时光。初芝在南川书房日记本里的只言片语中，拼凑出两人的完整童年。

"日记？"小野他们去调查时，并没有发现南川的日记。

"那本是他留作纪念用的，被我发现后，他虽然极为不舍，却也狠心销毁掉了。"初芝说，"为了他们更大的计划，不能留下一丝一毫的线索。"

"更大的计划？"

"嗯，去年我生病住院时，他们两个人在医院里重逢了。"初芝声音微微颤抖，"我不知道他们的感情到底有多深厚。"

"我也不想知道。"初芝补充说。

"你是怎么发现的？他们不是没有交集吗？"小野终于找到可以问出口的问题。

"南川每晚出门散步，在河北岸，智树每晚散步，在河南岸，每次南川赶到时，都正是智树要离开时，两人能够眼神交汇的时刻前后大概有三十秒。"

"就凭这个？"

"就凭这个，他们为了不让任何人发现他们是认识的，严苛地让彼此做到真正没有交集。"初芝语气坚定，"南川为了筹到足够的钱，给智树治病，或者说，救智树的命，决定给他的妻子买人身意外险，再杀掉妻子，伪装成意外事故，从而骗取保险金，用来救智树的命，智树的病自然严重，但只要有足够多的钱，活下去的希望依然很大。如果找到合适的肾源，能回归正常人的生活，也是有可能的。"

"南川投保的钱是哪里来的？"

"他利用自己银行中层的职权，私自挪用了公款。"

"所以其实他们早就定下这样恶毒的计划，因此才会那么谨慎地避免任何交集。"

小野在脑中想象着那些场景。

两人幼时相交，结下没有任何人知道的隐秘友谊，后来无奈失散，消失在茫茫人海中。等到再次相见，南川已走入婚姻，智树正静待死期。于是为了不再失散，为了抓住失而复得的友情，两人彻底陷入疯狂。

"我发现他的计划，就再也没有与他见过面，我太害怕。"初芝颤抖地掉了眼泪，"我爱过他，我真的爱过他，我知道他也爱过我，可只要每次一想到，你曾深爱过的人，在每个夜晚降临后，会盯着睡着了的你，思考如何才能完美地杀掉你，我就觉得我再也没有办法相信任何人，我人生前面二十几年建立起来的对世界、对他人的相信，在一夕之间就被破坏殆尽，我不知道该从哪里开始重建，只能等着时间将这一切慢慢冲淡。"

初芝终于大哭。

"可是太难了，真的太难了。"

后来两人终于离婚，初芝莫名成了出轨导致婚姻失败的坏女人。

"大概是为了塑造自己好男人的形象，好在找下一个目标时，能够更顺利容易吧，那个时候我整个人都浑浑噩噩的，稀里糊涂地担下了坏名声。"初芝叹口气，"好笑吧，身为坏女人的我却到现在都还不知道要怎样去面对一个新的男人。"

"你讲的这些都是没有证据的，对吧？"小野小心地问。

"没有，但尹美浓的事真的不可能是意外，一定是南川和智树合谋把她杀掉的。"

小野对整件事情的重组渐渐清晰起来。初芝住院期间，南川和智树重逢，南川在得知智树病入膏肓，若没有大量的金钱，就只能等死之后，定下了杀害妻子、伪装成意外事故、骗取巨额保险金的计划，从那之后，两人就再也没有直接接触过，只在每一天的黄昏，夜色降临前，隔着河岸，匆匆见一面。

南川继续做他的好丈夫，直到尹美浓的母亲生病住院。智树去接近尹美浓，他终究是个好看的男孩子，扮作完美情人，总归不是难事。直到尹美浓爱上智树，他们知道他们一直在等的机会来了。

南川不需要亲自出手，他只需要如常留在医院照顾尹美浓的母亲，智树则在与尹美浓约会时，设计使她坠入河中，或许是推她入水，或许更谨慎一些，与她一同落水，这样即便真的有目击者，他也可以将责任推得干干净净。

把谋杀伪装成意外事故不如让尹美浓的死亡就是一个意外事故。

"如果一定要如此解释，当然是解释得通的。"小野思考着这一切，"可这所有的一切，都只是基于你刚刚说的旧事所做出的推测，而推测没有任何意义。"

"所以真的没有办法了吗？"初芝情绪激动，"他们害死了一个无辜的女人啊，还曾经差点杀死我。"

"我答应你，我会去寻找新的证据，可他们能够严苛地绝不与彼此发生交集，严谨到这种程度的罪犯，要找到他们的破绽，怕是很难。"

这时，小野家的门铃响了起来，小野打开门，浑身湿透的阿望闯进来。

"我有证据了！我有证据了！"

阿望兴奋得发疯一样，抓住了小野的肩膀。

十

"请不要这么可笑，好吗？"南川坐在医院长椅上，"我那天根本就不在现场。"

"因为你从一开始就想让这件事看起来是一场意外，而让一起谋杀案看起来像意外的最好方法，就是让它真的成为一场意外。"小野说，初芝和阿望站在他身后。南川看到那两个人的出现，并没有丝毫慌乱。

"那它就真的只是意外啊。"南川说。

小野不急着逼他就范，他从初芝所讲述的过往讲起，从他如何谋划杀掉初芝以骗取保险金给智树治病续命，到初芝发现真相，远远逃走，到他选定尹美浓这个单纯的笨女人作为下手对象。

从他给了尹美浓平淡到乏味的婚姻生活，到他们如何让尹美浓爱上人之将死的、充满浪漫色彩的、英俊温柔的智树，到尹美浓与智树约会，智树假意被石子绊倒，坠落河中。

他们都知道尹美浓不会游泳，于是智树可以游泳上岸，尹美浓却溺水身亡。

"智树有试图救她啊。"朱美看到他们聚在这边，静静地走了过来。

"如果你说的是实话的话。"小野看着朱美。

"我说的当然是实话。"朱美急迫起来，"我敢在任何法庭上宣誓做证，那是我亲眼看到的。"

"但那并不能改变他们试图把这起谋杀设计成一场意外的事实。"

"警官，你没有证据的。"南川语气依然平稳。

"不，我有。"小野掷地有声地说道，"你们是设计好了一切，从你们两个完全隔断一切有可能的交集，到尹美浓爱上智树，全身心地信任他，和他在一起，直到坠河溺亡，都完全没有留下任何证据。"

南川死死盯着小野的脸。

"但坠河后的证据，你们却完全忽略了。"

"哦？"南川微微抬起头。

"保险业务员阿望，你认识的，他因为接下你们这一单生意，被巨额保险金逼到走投无路，跳河自杀，结果发现那条河根本就无法使人溺亡。"

一种深重的寂静在几个人中间弥散开来。

"那条河水深只有一米四。"小野比画到阿望肋骨处，"阿望自己跳下去后，才发觉即便是尹美浓这个并不算高的女生，也不可能在这里被淹死。"

"不会游泳的人在脸盆里也是可能被淹死的。"南川说，"这不是证据。"

"没错，这不是证据。"小野从背包里拿出一个证据袋，袋中有一只高跟鞋，"但这个是。那天尹美浓穿了高跟鞋，身高大概在一百六十九厘米，她的鞋底沾满了河底的淤泥。"

"那又能说明什么？"

"说明她在河中曾经站起来过。"小野说，"我原本没有考虑她其实并非溺水身亡的可能，所以根本没有在意她鞋底的淤泥，我们打捞尸体的时候，也多为器械操作，根本没人去想河水深度的问题，毕竟如你所说，即便是很浅的水，也一样可以溺死人。可那是在溺水者无法在水中站立起来的情况下。而直到阿望以一个旁观者的角度发现了这个被我们所有警察忽略掉的盲点，我们才终于意识到她鞋底的淤泥是多么重要的证据。"

空气凝结。

"不可能啊，我明明看到……"朱美说。

"别说了。"南川突然站起身，制止众人谈话，如同在试图尽力掩饰什么似的，"你说的都没错，其实包括桥上的石子，都是我特意挑选摆放，试验过几次，确定一定会成功后，才让智树去和她约会的。"

小野笑了，直到此刻南川依然试图仓皇地保护他最重要的人，可已经根本来不及了。

"真正实施那一天，还是出了意外，他们两个人一起落水之后，智树舍不得她溺水死掉，又下水去救她，可她在水中太过紧张，几乎挣扎到连智树也一同溺水，最后智树才不得不放弃她，自己游上岸的。"

"你承认这一切都是你设计的了？"小野不太忍心戳破他这最后一个蹩脚的谎言，南川眼看大楼倾颓，一切将逝，终于慌不择路地想要把一切都自己一人承担下来。可时至此刻，他早已无力回天。

"嗯，是我设计的，智树只不过是我的棋子罢了。"

"你知道这有什么后果吗？"

"死？"

小野不再说话，眼前这个温柔清秀的男人身体里似乎住了个不知恐惧为何物的亡命徒，可他此刻慌张的承担和掩饰都已经太过无力，他谁也保护不了了。

"但尹美浓最后是我杀掉的。"智树坐着轮椅过来，打断小野接下来对南川更难堪的揭穿。

"不要乱说啊，我明明看到你去救她了。"朱美跑过去，扶住智树的轮椅。

"我不是去救她，我是去杀她。"智树说，"我游上岸后，看到她竟然站了起来，头也露出了水面，原来那条河那么浅，我们千算万算，把一切都设计到完美，让她的死变成一个真正的意外事故，没想到却忽略了这一点。所以我才重新下水，在她的混乱求生中，将她拖到溺水死掉。"

"他大概刚吃过药，大脑不清楚，在乱说话，不足取信。"南川依然冷静地对小野说。

"够了。"智树对南川说，"到这里，已经够了。"

南川竟突然面露恐惧神色，蹲在智树面前，扶住他的腿："你要活着。"

"可我已经不想活着了，我已经失去你太久，不想再继续面对那个没有你的人生。"

智树重新转过头来，面对小野："我知道朱美姐那晚跟在我身后，我知道她在看着，所以我才做出救尹美浓的姿态。朱美姐原本就因为怕被我发现而离得很远，她只看得到我与尹美浓在水中纠缠，看不到更细小的动作，理所当然地以为爱着尹美浓的我会重新跳下水一定是在救她，可实际上，我是在纠缠中将她溺死。那晚，即便刚刚做过透析，可生死关头能够爆发出的力量也依然惊人啊。原本的计划是跑回医院后，再将那一套'我只顾自己逃生而忘了美浓导致她意外溺亡'的说辞讲给朱美姐听，求她帮我做伪证，我知道她一定会帮我。但她那晚跟了上来，刚好省掉麻烦，我们还多了个最好的目击证人。"

"可尹美浓为什么没有跟你搏斗?"

"大概是我在紧要关头爆发出了已经所剩无几的生命力吧。"

小野站起身来，掏出警察证和手铐，面对已然将人生重担放下的一脸轻松的南川和智树。

"你们被捕了。"

十一

出事那晚，落水的瞬间，美浓慌了。水全部向她涌过来，她双手乱抓，想要抓住一点什么，可什么都没有。

就在这时，她双脚触碰到了河底，她奋力稳住身体，然后站了起来，河水原来才刚到她肩膀。

她看到已经游上岸的智树，她还有点生气。他怎么可以丢下她，一个人逃生。

但岸上的智树看到她在河中站了起来，就迅速跳了下来。

他到底还是有良心的。她心想，还知道下来扶她一起上岸。可他迅速游过来，向她伸出双手，却并没有将她拉上岸，而是用力箍住她的肩膀，她想要挣脱，却无法做到。他们在水中混乱地纠缠到一起，她感到自己的身体在混乱纠缠中被他慢慢压进水里，连续呛了几口水后，她认真看向他的脸，他的眼神凶狠、冰冷，充满浓烈的杀意，全无曾经的温柔爱怜。

他是要她死。

他重新下水，就是要确定她一定会死。

可为什么啊?

所有的爱和甜蜜，都是假的吗?

所有的相伴和缠绵，都是假的吗?

所有的未来，所有的畅想，所有的庆幸，所有的劫后余生，全部都是假的吗?

他的手那么大，那么有力，她曾经那么喜欢牵着的这双手，现在正混乱而明确地箍住她，唯恐她有任何一丝生机。

这就是她的爱情。

这就是她盼望了一辈子的，以为自己终于得到了的爱情。

真可笑啊。

她隐隐笑了。

我真可笑，人类真可笑，这世界真可笑。

她放松身体，不再试图挣扎，任由他按着她的头。

爱情啊，爱情啊。

她好想哈哈大笑，可张开嘴巴，又是一大口水涌了进来。

去死吧，可笑的爱情。

去死吧，可笑的人生。

永恒的黑暗，终于降临。

将死棋

一

大明星秋野的妻子阿南离奇失踪。

警局新来的实习生小臻满脸兴奋地看着小野，期待着小野的
反应。

"秋野？好熟悉……"小野冷淡地接过资料翻看。

"秋野啊！秋野啊！当下最红的全民偶像啊！"小臻几乎尖叫
起来。

小野翻开资料，看到秋野的照片，才想起自己为何对这个名字
如此熟悉。

当然不是因为他也像小臻一样，追看电视节目和全民偶像。

三年前，秋野曾卷入一宗谋杀案，凶手是阿南当时的未婚夫彦
一，彦一为挽回出轨的阿南而设下杀局，却没能杀掉情夫，反倒错
杀了旧日同学。在那个阴错阳差的杀局中，秋野作为被雇佣来扮作
警察的临时演员，成为最关键的证人，最终法庭判了彦一无期徒刑，

也与秋野的证词有直接关系。

事情还不止如此，当时的秋野与彦一的妻子阿南是情人，小野带他前往彦一家中进行抓捕时，正遇到阿南收拾好行李，准备离开彦一，离开那个家。秋野与阿南在那种状况下相见，竟丝毫没有影响对彼此的感情，反而多了些患难真情似的，当着所有人的面紧紧拥抱在一起，全然不顾身后面临被逮捕、已经绝望至无法呼吸的彦一。

热恋中的出轨情人当真是单纯又残忍。

记得那时的秋野是个瘦弱英俊的男孩子，来自遥远的北部小镇，为成为大明星而抛弃过往人生，意气风发地来到沼津。他努力拼搏了许多年，任何工作都愿意接，任何机会都不肯放过，但好运气始终没有降临到他头上。在遇到阿南之前，他都还是个只能接到"扮演调节气氛的警察"这种工作的龙套中的龙套。后来，他遇到了做幼儿园老师的阿南，两人天时地利地顺利在一起后，秋野找了一份便利店店员的工作，生活就此稳定下来。

"他啊，那个时候是个好踏实、好温柔的男人，愿意为了家庭、为了爱人，而放弃自己成为明星的理想，去做一份有稳定收入的工作。"小臻语气里是满满的仰慕。

于是秋野做便利店店员，阿南做幼儿园老师，两人的生活就此安稳下来，如同沼津的每一对年轻情侣。

没过多久，两人结婚，生活正式进入下一阶段。

秋野就是在这个时候被星探发掘的。

"那个星探经纪人，好像是叫大雄吧。那天为他们公司将要拍摄的电视剧选男主角，都已经面试了大概三四百人了。"小臻表情夸张，"但没有一个让他满意的，直到他出来透气的时候，遇到正在便利店门口搬货的秋野，然后一眼就看中了他！"

看小臻兴奋的样子，这大概已经是粉丝圈中传为美谈的事迹。

小野无奈地笑笑。

没有人同意这么大制作的电视剧使用秋野这个彻头彻尾的新人作男主角，但大雄坚持己见，不肯退让，甚至说出了"不用他我就走"的狠话，最终说服片方各路人马，顺利启用秋野。

秋野也确实没有让他失望。电视剧一经播出，便立刻走红。

秋野从便利店店员到全民偶像，只用了不到半年的时间。

他温文尔雅、谦和有礼，一经出现便把那些并没有读过几本书的浅薄男明星比了下去。

"更难得的是，他从第一次上访谈节目就承认自己已经结婚，完全没有在隐瞒的。"小臻满脸爱慕敬佩。

"你们不是都不喜欢偶像结婚吗？"

"谁说的！我们是不喜欢偶像虚伪啊，这样坦然地承认自己已婚，还那么温柔地保护着自己的妻子，简直不要太有魅力。"小臻完全一脸沉迷。

小野承认自己已经不太懂现在的年轻人，在他的年代，偶像明星结婚简直就如同罪大恶极一般。

"然后呢，现在他老婆失踪了。"小野提醒小臻别忘正事。

她赶忙正正衣领："是的，就在昨晚，他的妻子阿南约好与闺密一同健身，却没有按时赴约，闺密以为她临时有事，本想健身结束后就打电话过去兴师问罪，没想到健身后，再打电话过去，已经完全打不通，跑到秋野与阿南的居所发现他们也没在家，家中保姆说秋野在外地拍戏，阿南晚上出门后，就没有再回来过。"

"她闺密根据这些就判断她出事了？"小野眼光锐利。

"并没有。她这个时候还以为阿南只是一时联络不上而已，直到第二天早上打电话，还是打不通，她才慌张起来，四方联络，没有一个人知道阿南到底去了哪里。权衡之后，她决定报警。"小臻此刻表情严肃得可爱。

"阿南至今都没联系上？"这在小野看来并不是个严重案件。

"是的，至今都没有联系上，而且发现更可疑的东西。"小臻认真盯着小野的脸，"有人拍到阿南和秋野的专属摄影师乌森在一起，并且举止亲密。"

"拍到？"小野问。

"娱乐记者啊。"小臻一副不可置信的样子，"秋野家门前常年有娱乐记者蹲守，他们跟拍阿南的时候，发现了阿南与乌森的地下情。"

"又是出轨？"

"不是那么简单的事情。"

"哦？"

"娱乐记者跟踪乌森与阿南的车来到郊外，看到两人在静谧的郊外拥抱、接吻、互诉衷肠，记者拍到接吻画面之后，就已经十分满足，可以赶回公司，准备第二天的爆炸头条。就在他们想要离开现场的时候，他们发现乌森和阿南竟不知何时，也不知为何地争吵起来。记者们距离太远，听不到两人到底在吵些什么，只看得到两人越吵越激烈，最后甚至动起手来。"

"动手？"动手打女人，这也太过恶劣。

"是的，记者看到乌森动手打了阿南，并且还看到阿南被打昏。"小臻语气严峻起来。

"居然下手那么重？难道……"

"并没有致死，据记者说，他们只是发生激烈争吵，虽然乌森动手打了阿南。"小臻已完全褪去之前的狂热粉丝样，一副专业警察的样子，"但目击者只看到那么多，因为被主编赶着回来交差，不然就赶不上第二天上头条。"

"就这么放过了这么重要的新闻？"

"记者的说法是，他们根本没想到乌森会下那么重的手，而且还觉得这种冲突可以当作后续新闻素材，一次头条毕竟只能有一个焦点词，这次是出轨，下次是情夫，再下次是家暴，无论拍到多少惊天猛料，他们也不可能一次全都使用上，不如放长线钓大鱼。"

"这就是目前的进度了是吗？"

小臻点点头。

"从乌森所居住小区的监控开始查起吧。"

乌森所住的小区位于沼津北郊，是沼津最清净也最昂贵的高档小区之一，住在这里的人非富即贵，小区戒备森严，监控系统完善，但也因此格外难配合，需要层层审批才能拿到调取监控的许可。真正把监控拿到手里，已经快接近晚上十二点。

整个办公区没有一个人提前走，大家都太想知道这段大明星艳情史会走向何处。

警察八卦起来也真的是没人比得过。小野轻轻叹口气。

他们挤在小野身后，与他一同检视监控。

乌森开车出现在监控中是昨晚十点半，从监控里可以看到副驾上穿着米色风衣的阿南仍旧处于昏迷状态，他开车回家后，整个监控就进入到让人走神的混乱无用状态，围观的警察们边看监控边忍不住小声惊叹，原来有钱人都那么热爱晚上行动，即便已经接近凌晨，小区监控里依然可以看到来来往往的行人。

但穿着米色风衣的阿南再也没有出现。

八卦警察们看这些来往的贵人们看久了，都已经开始犯困。

十一点半，乌森独自走出小区，满脸慌张，动作焦躁，半小时后他手提两袋东西回到小区，从画面可模糊看到袋子里有大量塑料袋和疑似刀锯的工具。进小区时，他尽量躲在监控摄像头的死角处，沿着街边角落慢慢小心前进，戴着大口罩，闪避过往行人，但依然被监控拍到身影。刚一进到小区内，他便匆忙提着两大袋东西回到自己家中。

凌晨两点半，监控里来来往往的人少了下来，许久不出现一个人。

凌晨三点十分，乌森再次出现在监控中。他开车经过大门口时，一个巨大的黑色塑料袋从后备厢中滚了出来。门卫想要上前帮忙，被他反应强烈地拒绝。他一个人把黑色塑料袋重新搬回后备厢，监控镜头里可以看到后备厢中还放有数个同样尺寸的黑色塑料袋，全都装得鼓鼓囊囊。

他驱车离去，驶出监控范围。

一直到第二天，阿南都没有出现在监控中，从此彻底失踪。

"那些黑色塑料袋里装的是阿南？"

一片静默中，小臻说。

二

秋野最近常想，他与阿南之间是否还有爱情。

在他第一次与阿南相见时，他确信爱情是存在的。

在他鼓起勇气牵起阿南的手时，他确信爱情是存在的。

在他终于拥着阿南香甜入睡时，在他趁阿南做饭从背后抱住她时，在他向她求婚时，甚至在他发现阿南有这样那样的缺点时，他都依然确信爱情是存在的。

可如今，他越来越不确定自己与阿南之间是否还有爱情。

难道真的像前人所说，爱情终有一日会成为亲情？

那人生岂不是太无趣了？

这种怀疑是从什么时候开始的？他仔细回想，大概是从阿南第一次陪他上节目。

当时他才刚开始走红，一次无心插柳的访谈，面对记者承认了自己已婚的事实，经纪公司将计就计，将他打造成温柔好男人。

"你本来就是啊。"阿南听到这个消息，笑着回答。

"公司是想问，你愿不愿意陪我一起上一次节目，只要一次就好。"秋野语气为难，低头没有看阿南。

阿南走上来握住他的手，对他笑着说："当然没问题，我本来就是你的妻子啊。"

那是家小电视台，节目流程混乱，主持人也总是问出让人尴尬的问题，但阿南表现完美，整场节目的节奏几乎都是由她悄无声息地掌控着。秋野看着那个面对镜头得体大方、应对自如的阿南，不敢相信那就是自己做幼儿园老师的妻子。

秋野细细思忖，就好像阿南才是明星，他才是那个跟随而来做陪衬的家属。

他心中并无丝毫不平，只是突然发觉或许自己并没有原本以为的那么了解阿南，心中忍不住开始揪着这根线向前想去。

追溯回去，他发现他们同居之前，全都在慌乱地偷偷约会，因为是出轨，每次约会都短暂而刺激，全然被他们对彼此的热情所覆盖、所填满，完全没有好好了解过彼此。彦一被捕，他们同居后没过多久，便决定结婚。后来他就在便利店门口被星探发掘，等待多年的机会终于到来，他兴奋地抓住每一次表演机会，无论大小，无论好坏，通通接下来。

他总觉得一切都像一场梦，想要在醒来前享受得用力一点，再更用力一点。

结果竟因此走红，日程愈加繁忙，更加没有机会与阿南深入交谈。

满满计算下来，他发现自己至今都没有好好了解过阿南，她还有那么多他不熟知的侧面，他竟就这样把她娶回了家。

在这个原本应该是"那我还有一生可以去了解你"的浪漫时刻，却被秋野咂摸出一丝惊悚意味。

夜行列车

如果我连我爱着的这个女人到底是什么样的人都不清楚，那我爱着的到底是什么？是她？还是自己的幻觉？

　　秋野想不通。他很想和阿南好好聊聊这个话题，可每次都被繁忙的日程挡住脚步。

　　不只是他的日程，阿南的日程也一并繁忙起来。

　　她以"大明星背后的女人"的身份上节目，四处分享她与秋野之间的往日浪漫，有些节目要求她与秋野共同出席，她也尽力说服秋野，秋野从来不会拒绝。

　　他们成了人人艳羡的荧屏情侣，在每个人、每个镜头面前，展示每一份细微的恩爱。

　　他虽时常感觉疲惫厌倦，可看到她乐此不疲，便也不想多加抱怨。

　　好在很快他便继续投入拍戏，而她则独自一人享受自己没有代表作的女明星生活。

　　这也没什么不好。秋野想。只要她活得开心就好。

　　直到彦一的事情被娱乐记者挖出，他才发觉事情已经快到无可挽回的地步。

　　那几日报纸头条全都在写他与阿南的美好感情其实是始于出轨偷情，而莫名被戴了绿帽子的无辜男人彦一为挽回阿南，阴错阳差杀掉旧日同学，最后被判处无期徒刑。

　　这一切的一切，源头都在秋野与阿南的偷情。

　　新闻铺天盖地，质问与责骂也紧随而至，经纪公司紧急商量对策，公关文还未发出，秋野倒先被阿南拉去了沼津电视台。

　　"不用说话，听我说就好。"上台前，阿南边帮他整理领结，边小声叮嘱。

那是个气氛有些严肃的访谈节目，话题一直围绕着两人恩爱的婚后生活，主持人仿佛并不知晓外界传闻一般的温柔可亲。

"所以关于两位的感情是以出轨开始的传闻，两位有什么要回应的吗？"主持人突然话锋一转。

秋野正想张口叫停，却听到了阿南突然发出的哭声，转过头看到眼泪正从阿南眼中大颗大颗掉落。

"因为……彦一……彦一他打我。"阿南面不改色地说出惊人之语，"彦一几乎把我打死，是他……是秋野把我从火坑里救了出来。"阿南挽住秋野的手臂。

她梨花带雨地开始了漫长的讲述，讲述彦一是个多么扭曲变态的男人，讲述遇到秋野之前，她在彦一控制下，过着怎样地狱般的生活，讲述秋野是如何英雄般地将自己救出火坑，又是如何帮助警方把杀了人的彦一逮捕归案。

二分真、八分假地将事实做了翻天覆地的演绎。

"你们不要再为难秋野了，好吗？"她的妆容刚好被流出的眼泪冲到微微晕开，让她看起来楚楚可怜，但又不至于让她看起来不够漂亮，"错不在他，真的不在他。"

现场闪光灯闪成一片，秋野望着身旁哭得让人格外心疼的阿南，只觉得陌生，只觉得冰冷。

秋野的危机公关被处理得格外成功，但从那之后他再也没有陪阿南上过节目。

他远远逃开她，他不知道自己是否还爱她，也不知道自己是不

夜行列车

是还珍惜这份感情。

他想不到该如何处理一切，脑海中关于阿南的所有挂念与怀疑，全都乱糟糟拧成一团，他分不开、理不清。

他根本没有意识到阿南从什么时候起，已经从曾经那个温暖柔和的女孩子变成了这样一个演技超凡、步步为营的女人，在那些自己忙着工作、无暇顾及她的日子里，她在他不知道的角落里，在他看不见的名利场中，一点一点地脱胎换骨，一丝一丝地将身上所有那些刻骨的温暖与柔和尽数抛弃。

成为现在一副精于算计、无所畏忌的样子。

他觉得自己已经完全不认识阿南。

他觉得自己好像从来没认识过阿南。

好在阿南也不再缠着他，开始自己健身，自己拍照，自己与友人游玩。

两人如同大多数恩爱的明星夫妻一样，各玩各的，互不打扰。

秋野几乎就要觉得这简直是太好的事情，他不用再去思考他们之间到底还有没有爱情，也不用再去管自己爱的到底是阿南，还是自己关于爱情的幻觉。

爱情什么的，或许早就没有了吧。

不过他不在意，又不是青涩少年，爱情于他而言，早已经没有那么重要。

人类不都是如此浑浑噩噩地生活吗？

多他一个，也并不多。

当时的秋野还不知道那其实叫作同舟共济。

他以为他们会如同世间每一对没有爱情却依然相守一生的夫妻一样，会和平相处，直到死去，用这种作弊的方式完成婚礼上"直到死亡将我们分开"的誓言。

他原本真的是那么打算的。

直到那天他在距离沼津千里之外的小镇拍戏，收到消息说阿南失踪了，且疑似出轨，还很有可能已经被情夫杀害分尸时。

他愣了好久，盯着片场耀眼的灯光，直到眼睛发疼。

他扔掉道具，脱下戏服，狼狈地拦车赶往机场。

他要去救阿南。

他要见到阿南，他要找回阿南。

他边跑，边觉得眼泪已经流到脸颊上。

那些眷恋，那些疼痛，从身体深处源源不断地涌出来。

他不能没有阿南。他暗暗在心中想。

他望着车窗外深沉的夜色，终于发现，原来爱情从不曾消失。

三

如果要比眼光精准，望月自信不会输给任何人。

几乎每一个人生节点，她都能准确无误地做出错误选择，就如同头顶飞着一位淘气神仙，永远在她需要做出关键决定的时刻，笑眯眯地施下迷魂咒。

第一次感受到迷魂咒的存在是小学四年级随坏朋友逃课去废弃

工厂玩闹，被"望月果然是个不配和我们一起玩的胆小鬼啊"的嘲讽裹挟，只能无奈一同前往，担惊受怕地疯玩疯闹后，还卖掉了从工厂中捡来的废铁。其他人都玩得分外开心，只有她直到最后，也没能体会到逃课的快乐到底在哪里，便悻悻然回了家。

结果第二天被工厂的人告到学校，班主任将没有来上课的人一一查实，一举抓获主要嫌疑人们。

但没有人承认，所有小孩都感觉到了问题的严重性，默契地咬紧牙关、死扛到底。

"只要你们承认了，就还是诚实的小孩，工厂也并没有丢失贵重物品，这只是一个诚信教育，不会真的把你们怎么样。"班主任语气温柔，透着浓浓的慈爱与恨铁不成钢。

但依旧没人承认。

望月默默举起手，承认是自己做的。

班主任当场变脸，打电话叫她父母来将她领回家，然后记下大过。

这个发展实在始料未及，她心慌意乱到肠胃绞痛。

说好的诚信教育呢？

说好的不会把我们怎么样呢？

大人就是这样一种可以随时说谎的生物吗？

被爸妈带回家后，自然挨了一通教训。她也不知该如何辩驳。

因为不想被同学讨厌，所以逃学，所以偷东西。这是大人们无论如何也不会理解的理由。

因为相信大人，所以承认莫须有的罪名。这是大人抵死不会承认的污点。

大人小孩，她被两边世界同时抛弃，只好盯着房间的绿色壁纸发呆，觉得自己像站在茫茫荒原，满是出路，不知出路，没有出路。

那之后，父亲费尽心思托关系，帮她转校。

从此她乖乖地做众人眼中的孤僻小孩，被欺负也不在意，被无视更求之不得。

"无论大人小孩，都是无法信任的人。"是她从那时起坚信至今的生存之道。

可后来，这样的她竟然也谈了恋爱，对方是篮球社社长，高大英俊，品学兼优。

大众情人居然看中她，她无法不动心。

但那时"早恋"依然是师长口中的洪水猛兽，她又无法不犹豫。

他会不会就是真命天子呢?

她不知道，但她到底是不想错过的。

万一他们真的深深相爱，一起升学，进而结婚，最终相伴一生呢? 那她此刻因软弱而决定错过，就不只是错过一个青春期的轻盈恋爱，而是错过了一个成就爱情传奇的机会。

爱情传奇。错过简直是在犯罪。

她全副武装上战场一般去恋爱了。

但没有多久，篮球社社长对孤僻文艺女的新鲜感消耗殆尽，把注意力转向活力四射的啦啦队队长。对方是官方认证过的漂亮女生，她无力抗衡，又不甘心放弃。于是追问不止，被教导主任看到，她又成了"追求优秀学长不成便死缠烂打烦扰对方生活"的无脑女人。

没人听她解释，也没人在意她的解释。

父母倒是没有再被叫来学校，但她已经与他一样报上那间最好的高中，最后成绩也意料之中的不够优秀，于是被发配到可怕的三流高中。

父母似乎已不再对她抱有希望，还能继续有书可读，就已经谢天谢地。

伤疤痊愈，便不再记得疼痛。这是人类天性。

后来的为爱走天涯，为梦想退学，为深情怀孕，为活下来流落街头。

在后来的漫长人生里，父母怕是早已当作从未生过她这个女儿。朋友们来来去去，也没能剩下一个。

无论多么有同情心的旁观者，都会觉得她所遭受的一切都是自作自受。可她早已经不知道该如何回头，如何挣脱纠缠不休的坏运气。

整个人深陷泥沼，无力挣扎。

为什么每一个决定都是错的，为什么每一个路口都能准确地在两个里选到比较糟糕的那个方向。

她实在想不通。

她只是想柔软并相对体面地生活，却最终落到被厄运裹住脚步，无法继续前进的地步。

那天她跟当时的男友吵了一架，具体是因为什么，早就已经忘记，她只记得自己一气之下，拖着行李箱离开了对方的家，半夜自然是打不到车的，偏赶上腹痛不止，痛到头冒虚汗，双腿发软，只能坐在马路边，手扶着行李箱，边低低呻吟，边思考下一步该迈向何方。

天地广大，但她已经无处可去。

那辆车就是在这时停在她面前的。

一个穿着黑色裤子的男生从车上下来，她没有力气抬头判断对方是否来者不善。

男生在她身旁坐下。

"你还好吗？"男生轻声问。

她转过头，看到一张英俊的脸，轻轻摇摇头。

男生递给她一杯不知从哪里变出来的可疑的热牛奶："喝杯热牛奶，可能会好受一点。"

她犹豫一下，还是接了过来。

因为已经没什么好失去的。若这男生真是连环杀手，在牛奶里下了迷药，意图将她先奸后杀，抛尸荒野，该怎么办呢？

她仔细想一想，发现此时此刻的自己，竟也不觉得那是个多坏的结局。

喝下热牛奶后，身体慢慢暖起来。

"人活着就是一个接一个的错误啊。"男生说，"至死方休的。"

"没有解决的办法吗？"她放下杯子。

"没有啊，这就是一个撞大运的世界，说是天神的安排也好，说是永恒无序的偶然也好，人类渺小到没有任何反击之力。"男生语气轻松，却满满无奈。

"但从没有一个决定是正确的，哪有这么任意妄为的天神。"

"只要你还活着，除了相信一定会有好事发生，就没有别的选择了。"男生认真地看着她的眼睛说，"如果连这点毫无道理的期盼都没有了的话，那人类是没有办法活下去的。"

她沉默许久，不知该如何应答。

"除了相信会有好事发生，没有别的选择。"她默默重复。

男生不再说话。

深夜的街头，无人经过，两人盯着这座难得空旷起来的城市，发着呆。男生车中的司机已经打起了盹。两人如同多年老友般，安静地坐至天光大亮，坐至路上渐渐有了行人。

"无论如何，希望你能好起来。"天亮后，男生站起身，笑着与她挥手告别，笑容温暖如同天边初日。

走出去几步，男生突然转过身说："你那缕头发很好看。"

他说的是她右侧挑染的那一小缕银色头发。

"不能放弃哦。"他笑着对她做了个加油的手势。

她同样笑着用力点头，像在结下重要誓言。

天亮后，她找了汽车旅馆暂住，收拾好行李，摊在床上打开电视机，竟再次看到那个男生的脸。

他叫秋野，是个大明星。

她之前的二十年，只顾着检视自己混乱的前半段人生，竟连新近走红的大明星也不认得。就这样被天神特别眷顾一般地与他静坐一夜，简直是可以被称作奇遇的经历。

他在电视机里与在自己面前是完全一样的说话方式。一样温柔，一样谦逊，一样英俊，一样可爱。

她沉醉地看着电视机里的他，就这样看到夜色降临。

她成为狂热粉丝，只用了一个黑夜加一个白天。

她找到新工作，成了沼津街头众多出租车司机中的一个。每天早早出车，开一辆绿色的出租车，车中放着秋野的唱片做背景音乐，偶尔与顾客聊天，也要努力推荐秋野的影剧音乐新作。没有客人时，开着车子在沼津闲晃，隐隐希望着能偶遇秋野。

有一次送一位音乐制作人，到目的地才发觉那里竟是秋野的家。她自然是不敢上前相认，只默默记下地址，之后的工作便是以那里为圆心，四散开去。偶尔遇到秋野出门，她就远远看着，顺路的话，就远远跟着。

不为别的，只要能如此远远看着他，就已经足够。

这是一个永远不会伤害她的男人。

这是一个只要她愿意，就可以永远属于她的完美情人。

白天可以远远看到他，跟着他。晚上回到家，墙上的海报和耳中的音乐也全部都是他。

她的生活从未如此平稳满足过。

她每晚躺在床上，闭上眼睛，感受自己被他包围的时刻，才后知后觉、心脏颤抖地发现，原来这就是幸福。

她爱他。

他不需要知道，任何人都不需要知道。

那天天气阴沉，她再次开车经过他家门前时，看到他从里面走出来，记者们蜂拥而上，将他团团围住。

"请问，对于您太太的失踪，您有什么看法？"没脑子的记者突兀发问。

"想死。"他说。

记者们一片沉默。

望月突然觉得爱上秋野，是自己这并不长的一生中，所做出的最正确的决定。

四

身为娱乐记者，能够遇到五十年一次的重大新闻，任谁都会觉得是自己祖坟冒烟，要择吉日去庙里拜拜。

当娱乐记者十二年，有溪早已经厌倦大小明星之间真真假假的明争暗斗。

今天谁嫖娼被抓，明天谁代言公益。今天谁出轨，明天谁出柜。说到底不过都是庞大娱乐产业中的一环，在那些或好或坏的新闻中，风光无限的明星们也不过只是资本家手下的一件工具罢了。

老板需要你光明正面的形象，你就配合演出积极健康。

老板需要你叛逆扭曲的形象，你就在社交媒体放肆大骂任何人。

他们早已经走到一般人类无法理解的地方。

有溪常怀疑，其实他们也早已经忘记自己是如何走到这里来的。

大多数明星在访问中说到"我其实也不知道我是怎么走到这一步的"时，其实并非谦虚，而是真的对人生感到迷茫无助，对眼前的一切不知所措。他们早已经失去过去，却并不曾看到未来，目之所及都是艳光四射，不觉得迷茫无助简直是不可能的。

而有溪每天要做的，就是从这些大剂量的迷茫无助里，挑选出一点点还能将就将顺逻辑的言辞，再把这些言辞加工成占报纸单版十六分之一的内容，印出来给社会大众阅读。

　　真是愧对考入新闻系第一天面对导师说出的那句"追求真理、报道真相"的理想宣言。

　　更为讽刺的是，他已经算那一届毕业生里混得不错的，有更多的人进了各种名称奇怪的单位，给没脑子的领导写发言稿，给点击量是个位数的网站写通稿新闻。

　　至于真相，至于真理，这个时代的人们不需要，这个世界不需要。

　　所以他们作为记者，也不再需要。

　　有溪曾与一位前辈谈起这件事，说觉得不知道这样继续下去到底有什么意义。

　　"意义？那是身为人类，最不需要考虑的东西。"前辈猛灌一口啤酒。

　　有溪不解，疑惑地看着前辈。

　　"人类之所以会追求意义，是因为人类误以为自己的存在是有意义的。"前辈认真看着他的眼睛，"但事实上，人类是最没有意义的一个物种，生来便只会索取与破坏。"

　　前辈曾经做过一个重大的社会新闻选题，将沼津的地下黑货交易揭露至阳光之下，因此一举成名，以不满三十岁的年纪成为新闻界举足轻重的角色，那则报道至今都在新闻系学生课本上，作为经典案例分析。

　　这样的他说人生没有意义，有溪当真不懂。

"你说那次？"前辈苦笑，"那次我只是去采访'酒馆美人'的离婚案，大打出手的夫妻俩混乱中把我推进了隔壁夹板层的密道中，我们几个完全被那里面堆积如山的黑货吓蒙了。"

"所以，只是运气？"

"当然不只是运气，如果那天被撞进去的人不是我，或许也出不来一份那么有分量的报道。"前辈又喝下一口啤酒，"但你说我真的像传说中那样，孤胆英雄一般，独闯虎穴，冒险报道，那却是全都没有的。"

"那我该怎么办，空空等着我的'酒馆美人'？"

"是的。"前辈认真点头道，"你以为我没有过新闻理想吗？我们系毕业的人，哪个不是眼睛长在头顶上，觉得自己生来就是要改变世界的。可我比你虚长的这几岁只让我明白，你越是用力去抓，你想要的东西就会离你越远，这就是身为人类最为渺小无力的一点，你只能等待大势来临，然后跟着大势起飞，却无法自己去创造大势。"

有溪听罢，只觉无话可说，于是也灌下大口啤酒。

"创造大势，那是神的工作啊。"前辈已经喝到口齿不清。

不算醍醐灌顶，但前辈的话确实让有溪意识到自己的无知狂妄，让他开始思考，若是有一天，属于自己的'酒馆美人'来到眼前，他能不能像前辈一样抓住机会，做出载入史册的经典报道。

他想不出答案，于是问题就此留在心里，再没有散去。

秋野刚开始走红的时候，所有记者都去跟秋野，他觉得无趣，便跟了秋野的妻子阿南。结果后来阿南也开始走红，跟的人越来越多，他觉得热爱名利的少妇也实在无趣，便放下面的实习生去跟，自己坐在报社里，对着落地窗外的楼群发呆。

明星少妇能有的花边新闻不过是密会年轻英俊男生之类，无聊得很。结果正巧那天高速路上连环撞车，实习生被社会新闻部全部借走，他只能自己出马去跟少妇阿南。

发现阿南与乌森在幽会时，大部分同行已经回各自公司准备第二天的"出轨头条"，然后接下来大概两周以内，就会有"澄清头条"，再来两周，就会有"和解头条"。

都是套路，无非如此。

但当他查看相机中的照片时，突然在乌森爱意浓浓的眼神中看到一丝恨意，那种一闪即过的恨意，让他汗毛倒竖。他敏感地察觉到这之后或许会有更精彩的事情发生，于是便没回公司整理稿子，而是继续跟上乌森与阿南。

然后他就看到了乌森在郊外将阿南打晕。

乌森将晕倒的阿南运回家中，有溪躲在地下停车场的柱子背后，看着乌森吃力地将阿南背上楼去。再然后又看到乌森出门买回电锯与黑色塑料袋。最后一次是重新出门，黑色塑料袋里已经装得满满当当，里面明显是阿南被肢解后的尸体，乌森一脸惊慌地开车抛尸。

有溪一个人蹲在停车场的大柱子后面，他感觉得到自己的身体在颤抖，他不知道自己是在害怕，还是在激动，那种感觉从胃里出发，一路贯穿他的全身。

他用了好久才终于站起来，深呼一口气，走出停车场，打车回家。

他告诉领导，自己有个大选题要做，但不方便多做解释。领导再要问，他已经转身离开，当记者这么多年，他从没觉得自己像此刻这样帅气过。

阿南失踪，警方开始追查，但暂时还没有找上乌森家的门，看来是还没有锁定他的嫌疑。

他先一步来到乌森家，作为知名摄影师，乌森已经习惯有人约采访，但看到来人只有一个，还是没掩饰住失望的表情。

惯例地问他与各种大明星合作的心得体会，问他人生的艺术追求，问他简约的生活态度。

乌森照例礼貌得体，英俊可人。

"阿南不是失踪，而是被你杀掉了，是吗？"有溪突然发问。

乌森一愣，随即笑了。

"你这录音笔开着呢吧？"乌森笑着问。

"需要关掉？"有溪点点头。

"没必要呀，反正你肯定不止一只录音笔。"乌森的笑容更加柔软温暖，"就算录下来，也没关系的。"

"是吗？"

"是呀。"乌森笑眯眯地说。

当娱乐记者十二年后，"酒馆美人"终于出现在有溪面前。

五

在旧日那件几乎让领导大川晚节不保的"情夫谋杀案"结案一年后，小野曾在街头遇到过一次阿南。

当时秋野还没被星探发掘，阿南也还是个普通的幼儿园老师，距离后来阿南失踪还有相当久远的时间。

那天小野刚刚加完班，犯人是一对苦命男子，一个为了能让另一个活下去，不惜杀害自己妻子以骗取保险金，只为让心上故人有钱续命活下去。

世间百态，哀乐无常。他做警察许久，却始终无法适应这种心神的剧烈动摇。

那些死掉的人，也都曾是活生生的人。也曾有爱恨，也曾有憧憬。

小野一直觉得这世界上大部分的人是不懂得死亡到底是怎么回事的。

死亡是与世界的彻底告别。这世界以后如何精彩，如何溃败，都与你再没有任何关系。

你会成为依然活着的人心中一个慢慢淡去的背影，直到记得你的那些人也渐次死去，这颗星球就与你再也没有任何关系。

每个人都觉得死亡是件大事，但每个人都不认为自己会死。

逃避谈论死亡，逃避思考死亡，逃避死亡本身，轻视死亡，无视死亡，这是人类的可笑本能。就好像那样做了，死亡就会因此而不再可怕、不降临在你身上。

太可笑，也太可悲。

所以当他真的遇到那些根本不在意他人死亡，进而随便去杀人的、真正的反社会人格时，他是真的会从心底涌出一股无法克制的愤怒。

是在那些人身上，他才第一次明白什么叫作命如草芥。

比如那位为了心上故人就对自己的妻子痛下杀手的男人，只要不是他在意的人与事，就通通是没有价值的，是不值得怜惜的。

包括他们自己的生命，他们也是不在意的。所以即便最终被判死刑，他们也依然没有任何感觉。

不痛苦，不后悔，不难过。

死亡根本无法惩罚他们，可这样的他们却剥夺了那些依然想活下去的人的生命。

这要去哪里寻找公平？

这样的人、这样的事，即便见得再多，小野也依然无法对此种存在感到理所当然。

那天他从局里出来，步行去附近小酒馆喝酒，老板娘美艳异常，还曾上过不太光彩的新闻，他一杯一杯地灌着清酒，直灌到脸颊红红，不知所谓。

"是小野警官吧？"

他转过身，看到头发一丝不乱的阿南正坐在他身旁，手中举着一杯同样的清酒。

"幼儿园老师也可以喝酒哦。"他语气带着些许轻松。

"哈哈哈。"阿南笑着喝下一杯，"幼儿园老师也有想笑但笑不出来的时候啊。"

许是喝过酒的关系，这样两个生活中几乎毫无瓜葛的人竟相谈甚欢。

小野絮絮叨叨说着他办案的烦恼，阿南一直认真聆听。

小野印象中，阿南是个普通到让人记不太住的女生，他只记得她爱穿格子连衣裙，工作多年，也依然是学生样子。在小酒馆暧昧的灯光下，阿南看起来倒多了几分艳丽，但不变的是永远克制的礼貌与端庄。

　　"所以你后来就真的和秋野在一起了？"他灌下一杯酒。

　　"是啊。"阿南保持得体微笑。

　　"幸福吗？"

　　"警察也可以这么八卦哦。"阿南学他的调侃语气。

　　"当然，警察不就是靠八卦才能好好工作的吗？"他也没了正经。

　　"其实我也在想，男人是不是都是一样的呢？"她像是看他已经喝醉，便放心说话，"都一样会打呼，一样粗心大意，一样无脑无心，时间久了，都会变成无趣的家伙。"

　　"不是哦。"小野已经不知道自己在说什么，"如果你真的遇到了对的那个男人，每天都会活得很开心。"

　　"那什么时候才能遇到那个男人啊，我都快放弃了。"

　　"只要还活着，就还有希望，不要放弃啊。"小野拿出骂下属的语气，说完这句，便趴在吧台上昏昏睡去。

　　第二天在家中醒来，妻子说是酒馆老板娘打电话让她过来接他回家。

　　"还一直叨叨着好男人什么的，知道你是好男人啦……"妻子边碎碎念，边帮他准备早餐。

　　他揉揉还在疼着的头，怎么也记不清自己到底与阿南说了些什么。

夜行列车

只想得起，他似乎隐约发觉阿南并不是个头脑简单的幼儿园老师，她是个更果断勇敢的女人。

至于更多其他的，他想不起了。

但他依然希望那样有生命力的女孩子能够好好活着。

在前往乌森家进行逮捕的路上，小野暗暗那么想着。

敲开乌森家的门，正遇到他拖着行李箱站在门口。

"要出远门？"小野介绍过自己身份后问。

"嗯，有个演唱会的工作，要跟着乐队到南部巡回。"乌森轻声说。

"可能暂时不能走了。"小野拿出拘捕令，"你被逮捕了。"

乌森脸上露出少许吃惊的表情："是因为……阿南的事？"

小野不置可否。

"能不能让我放下行李箱，告诉合作伙伴我这次去不了了？"乌森礼貌询问。

"可以。"小野派小臻跟他进去收拾。

刚进去，就听到了小臻的尖叫声。

小野冲进去，只看到乌森的行李箱砸在小臻身上，他已经跳窗逃走。

"追。"以为堵在正门口，乌森就不会逃走，太天真了。

追捕用了两个小时，乌森身姿矫健，如同逃命一般，穿梭在沼津的大小街头，警察们追得格外辛苦。一路冲撞，终于在断桥边追到乌森，将已经因搏命逃亡而累到喘不上气的乌森逮捕归案。

"为什么逃跑？"小野问。

乌森不说话。

"不说话是没有用的，我们有的是办法撬开你的嘴。"

乌森依然不说话。

"说说前天夜里，你人在哪儿吧？"小野继续问。

沉默依旧。

"问这些没有意义吧。"在小野打算继续问的时候，乌森突然开口，"如果你们真的能立案审查，再来审我也不晚。"

被将了一军，小野心下愤懑。

转身出门，打通跟随监控寻找黑色塑料袋的部下电话。只要找到尸体，就能即刻立案。

监控中可以看到乌森那晚载着那些黑色塑料袋来到郊外垃圾处理厂，把塑料袋搬进去扔掉，又匆匆开车离开。因垃圾处理厂每天都循环处理垃圾，那些黑色塑料袋是否已经被处理掉，还不得而知。他们必须尽快找到。

小野一腔气愤，决定亲自下手，出发前往垃圾山中亲自下手翻找。

午后的阳光正毒，很快汗水就已经把他后背打湿。厂中的垃圾山太过庞大，他越是翻找，便越觉得希望渺小，像是永远不会有尽头一般。

直到已经被晒到神情恍惚，手却依然在机械地翻找着。

在这茫茫垃圾山，要找到几个不起眼的黑色塑料袋，几乎是大海捞针……

等等，那是一块肉？

他眼前一亮。

几乎濒临放弃时，他翻到了黑色塑料袋，打开来，是一堆已经切成同等大小的肉，经过两天一夜的高温，已经开始腐烂发臭。

他用力拽出来，看到下面堆积着更多黑色塑料袋，一一打开，袋子数量也对得上，绝对是监控里乌森车中的那几个黑色塑料袋。

里面有切碎的肉，有剁断的骨头，他翻了几个便因恶心而翻不下去。一把扔开塑料袋，趴在旁边剧烈呕吐。

"找到了。"他朝下面喊了一声，蹒跚走下垃圾山。

等回到警局，重新坐在乌森面前时，夜色已分外浓重。

"尸体已经找到，检查确认身份后，就可以针对你专门立案。"小野对乌森说，"你逃不掉的。"

乌森眼中闪过一丝惊慌。

"不可能啊，我明明……"乌森及时止住话头，"不对，你在诓我，你根本什么都没有找到。"

"我们不急。"小野喝一口凉茶，"我陪你等尸检结果。"

那半个小时里，小野饶有兴趣地欣赏着乌森的焦躁不安，他说过不会让乌森逃出生天，就一定会做到。

尸检结果终于出来，部下拿着几页 A4 纸进来，趴在他耳朵边轻声说了句话，小野一时间都没有反应过来那句话的意思。

"袋子里装的不是阿南。"

"那是谁？"

"并不是人类。"

"哈？"

"是切好的牛羊肉和骨头。"

当时被晒昏了头的他没有做更进一步的仔细检查，就让部下带了回来。

但里面居然是牛羊肉，这也错得太过离谱。

他转过头看到乌森脸上的笑容。

"你果然是在诓我。"乌森笑着说。

小野猛走几步，一把抓住乌森的领口，把他提了起来："你把那些袋子扔在哪里了？"

"如果我没记错的话，找不到尸体，就不能立案吧，亲爱的警察先生。"乌森拿腔拿调地嘲讽小野。

小野眼睛瞪圆，说不出话来。

乌森满脸无所谓地与他对视。

"就算——"乌森笑容温暖，语气嚣张，"注意，我说的是'就算'哦。"

小野死死盯着他。

"就算阿南是我杀的，你们又能把我怎么样呢？"

笑容温柔，如同世间每一个良善之人。

六

直到乌森被正式逮捕，有溪都依然没有忘记乌森当面亲口承认阿南是他下手杀掉时，那种想要立刻站起身逃走却无法动弹的战栗恐惧。

当时他就坐在乌森家的客厅沙发上，注视着他，注视着他背后那套跆拳道服。边勉强维持平静，边思考自己逃脱的可能性。

对面坐着的是与自己一样的人类，可他已经杀过一个人。既然他不在意夺取一个人的生命，那他也就不会在乎夺取第二个人的生命。

在他第一次下手后，身为人类的他就已经发生了本质上的变化。

有溪坐在沙发上，一动不动。

乌森为什么要告诉他凶手是自己？

告诉他之后会不会杀他灭口？

一直不接话会不会显得自己太不友善？

无数个念头瞬间全部挤进有溪脑中，却又因太过害怕，而无法确切抓住其中任何一个。

对面的乌森仍旧微笑地、饶有兴趣地看着他，如同他只不过是他另一个猎物。

有溪想动，又不敢动，只觉得每一秒都如坐针毡，恨不能自动去死。

"你知道我为什么敢告诉你吗？"乌森终于开口。

有溪只摇了摇头，生怕声音的颤抖泄漏自己已经如此恐惧的窘迫。

"因为啊……"乌森前倾身体，语气认真，有溪也忍不住竖起耳朵，"因为你正好上门了呀。"

有溪没明白他什么意思。

"哈哈哈，你放心啦，我不会对你怎么样的。"乌森像看穿了他的心思一般。

"你到底想做什么？"有溪稳住语气。

"不想做什么啊，是你问，我才回答的啊。"乌森无辜地说。

有溪一时语塞。他说得没错，确实是他问的，但谁会想到杀人凶手会直接爽快承认。

"为什么是我？"有溪问。

"因为你有正义感，因为你是个好记者，因为你是唯一一个聪明得知道过来采访我的人。"乌森快速地说，"以上原因，统统都不是哦！"

乌森站起来走到他身旁坐下，他忍不住向旁边躲避。

"你以为你很特别吗？"乌森笑着揽过他的肩膀，"并没有哦，今天不管是谁来，我都会说的。"

有溪转头看向乌森的眼睛，棕色的瞳仁深不见底。

"因为就算我告诉全世界，人是我杀的，也不可能有人能把我怎么样。"

"为什么？"有溪已经控制不住自己声音的颤抖。

"因为不可能有人发现尸体啊。"乌森轻飘飘地说，"尸体放在不可能被人发现的地方哦。"

有溪后背的汗毛全都炸开，他只觉得周身都被牢牢冻住，一股冰冷从脚底蹿升至头顶，他全身的颤抖再也无法克制。

做记者这么多年，他以为自己早就练就坚实胆量，不会害怕面对任何人、任何事。可如今他真正独自面对一个杀人凶手，他突然发觉自己根本只是个胆小鬼。

什么新闻理想，什么追求真相，在生命被威胁时，通通都是小事。

"行啦，你走吧。"不知道过去多久，乌森突然说。

夜行列车

有溪站起身，想紧跑两步，离开他家，腿却始终无法用上力气，只能慢慢向门走去。

"等等。"乌森说。

"我谁都不会告诉的。"有溪惊恐地接话。

"那个无所谓啦，我说了，我已经让尸体完全消失了，你想要告诉谁，都是可以的。"乌森笑着走过来，递给他一个黑色皮包，"是你笔记本忘记带走了。"

一生最丢脸、最羞耻的时刻，应该就是此刻了。

所有窘迫，所有恐惧，所有胆怯，所有懦弱，全都被另一人尽收眼底。有溪很想反抗，可他身为记者，此刻竟无论如何都无法鼓起勇气去直面一个杀人凶手。

他到底还是害怕的。

对方已经无所谓到可以随时豁出生命，可他不行，他不敢。

乌森家门在他身后关上的那一刻，他终于支撑不住，瘫坐在地，深深呼吸，缓过神后，终于大步奔跑而出。一直跑回自己家中，钻进被窝，紧紧裹住被子。

自己竟是如此怯懦的男人，他无可奈何地发现自己的崭新面相，缩在床上，不知该如何去面对。

第二天再醒过来，阳光已经铺满阳台，他起身走到阳光中，深深呼吸清爽干燥的空气，庆幸自己还好好活着。

这时手机跳出一条新闻推送："大明星谋杀案水落石出，真凶竟是专属摄影师！"点开来就看到乌森在他家门口被逮捕的照片。

有溪对着手机屏幕愣了一会儿，长长呼出一口气。

Night Train

明明被逮捕就意味着他再想要采访到乌森，就会格外困难。但他已经并不在意。

因为乌森被逮捕，也就意味着他最为羞耻的那一面就不会再被其他人知道。

现在他有乌森承认罪行的独家录音，只等定罪消息一出，他便可立即发布头条，在一众毫无重点的报道中成为最显眼的那一个。至于此刻，在所有人都一窝蜂前往警局试图采访乌森时，他只需安心休养生息，等待时机成熟。

"酒馆美人"近在眼前，他满意地对着窗外的朗朗天空笑了。

但两天过去，警方却始终没有发布最新进展。

是审讯出了问题？

没能顺利让乌森认罪？

或者真的如同乌森所说，就连警方也至今没能找到被乌森精心掩藏过的尸体？

只要没找到尸体，就无法立案。无法立案，他期盼已久的"酒馆美人"就不可能真正属于他。

如果他现在就把手中的录音交给警察，会不会让警察更加努力去调查。

不会的，这案子已经闹得那么大，如果能找到证据，他们是一定不会放弃的。既然至今都没有发声，就表示警方确实如乌森对自己所说那样，完全找不到阿南的尸体。

不安在心头越积越多，他打开电视机，挨个电视台翻看过去。

"最大嫌疑人乌森今日释放。"这是今早的头条新闻。

果然即便是警察也无法打败乌森。

果然乌森敢大大方方地告诉他一个娱乐记者，就是知道自己所设的诡计绝对不会被人侦破。

清晨的阳光照到有溪脸上，他忍不住叹了口气。恐慌倒是少了许多，毕竟若是乌森所设的诡计当真如此完美无缺，他也确实会如他所说，根本不在意有溪是否知道。

但乌森这一条线就此断裂，有溪只能像其他寻常记者一般，前去蹲守秋野的家。

好在他作为资深记者，是知道秋野家一扇不被他人知晓的后门的。此刻的秋野不可能接受采访，只能趁他出门时见缝插针迅速提问。再搭配乌森的录音，也足够有溪名噪一时。

有溪刚到后门，透过落地窗看到秋野在窗前表情严肃地打扮停当，细心地整理衣领袖口，小心翼翼地背好包。

看到秋野如同奔赴刑场一般的庄重表情，有溪没有不识趣地凑上去。多年记者生涯让他敏感地意识到，此时此刻不凑上去或许能挖出更大新闻。

想到这里，他忍不住笑话自己，上一次贸然行事，结果遇到乌森那么可怕的人，现在却依然没有接受教训。

所谓好了伤疤忘了疼，大概是人类天性。

秋野的车子开得很慢，有溪刻意跟得比较远，但越跟下去，他便发觉周围环境越眼熟。

直到秋野开车进了乌森所住小区的地下车库。

乌森今日释放，所以秋野这是要复仇？

这个让有溪兴奋不已的念头刚刚冒出来，他就看到乌森的车子也开进了地下车库。

乌森一个人下车，倦态难掩，但神情得意。

秋野动作很快，快到有溪刚刚手忙脚乱地朝着那个方向举起相机，他就已经快走几步来到乌森面前。

秋野没有给乌森讲话的机会，操起手中枪，对准乌森，射击。

七

得知警方将乌森逮捕时，秋野用了许久，都没能接受这件事。

秋野离开家乡多年，亲人不是早已去世，就是早已断绝往来。

只因他始终无法忘记，在他依然留守家乡时，那些人是如何看轻自己和自己的理想的。

他当年逃离家乡，并非只为追求理想，也因那座遥远的北方小镇已经没有他的容身之处。

唯一一个相信他、支持他的人就是乌森。

不管他说出什么荒唐的理想，乌森永远都用力地点头，满眼憧憬与期待地看着他。

在那小镇上，乌森家境殷实，全家在镇上很有地位，他本应被所有小孩齐齐追捧，风风光光度过童年。可乌森从来都懒得与那些瞧不起秋野的人玩在一起。

他从小练跆拳道，永远英勇地挡在秋野前面，维护他，支持他，做他每一个决定的后援。

就连他冲动地决定前往沼津时，乌森都目光发亮地看着他，说他一定能行，说他一定会成为大明星。

以至于在秋野来到沼津两年后，接到乌森的电话说他也要来沼津时，秋野丝毫不觉得意外。

这就对了。

乌森不该留在那个小地方。

秋野如此感叹时，刚刚开始在幼儿园给小朋友表演童话剧的工作，正对阿南有了丝丝心动，还没有开始约会。

那天他穿着比例奇特的表演服，坐在路边，接到乌森的电话。

那个时候的他根本没有意识到，此刻完全没有任何成就的自己，是根本没有资格说出"这就对了"这种话的。

他只觉得能重新见到乌森，他很开心。

不日接到乌森，暂住秋野家中。

乌森想做摄影师，高中毕业后念了三年摄影专业，觉得无聊得很，便没告诉家人，擅自退学来到沼津。

"那你现在很会拍吧！"秋野语气兴奋。

"还不错啊。"乌森骄傲昂起头的样子特别可爱。

"哈哈哈，一起加油呀。"秋野拍拍他的头。

一如少年时的互相扶持，他们如今也依然支撑着彼此。

乌森的摄影工作开展得很顺利，得过几次大奖后，便可以接到不少名头不小的街拍工作，慢慢积累名声口碑，开始帮杂志拍封面，成了小有名气的年轻摄影师。

那时的秋野已经与阿南在一起，不再执着于成为大明星的理想，找了便利店的工作，生活慢慢步入日常正轨。

"就这么放弃了吗？"其实并没有过去多久，但乌森的装扮、举止已经不同往日，未曾改变的只有温暖的神情。

"也不算放弃吧。"秋野长长舒一口气，"只是暂时没有合适的机会。"

"我或许可以帮你找一些机会，不过应该都不会是大角色，你愿意演吗？"乌森语气诚恳。

"也……可以吧。"秋野轻声说。

从小到大，都是如此，永远是乌森帮衬他。他作为年龄上的大哥，说不觉得羞愧，是不可能的。但这种羞愧到底是无法说出口的。除了做出坦然接受的姿态，再没有别的办法。

之后确实也去了几次乌森帮忙介绍的工作，如他所说，都是小角色，可有可无，赚钱罢了。

再后来，就是在便利店门口被星探发掘，真的成为大明星。

第一部剧首播那天，乌森、阿南与秋野一起守在电视机前，第一集播完，三人击掌欢呼。

"太好了。"乌森抑制不住地激动，"真的太好了。"

三人拥抱彼此，欢呼雀跃。

那之后没多久，乌森因拍砸了一位大牌明星的专辑封面，事业遭受重创，便顺势成为秋野的专属摄影师，负责他一切工作生活的拍摄需要。

秋野觉得他们终于一起撑到彼此理想实现的那一天。

他对这一切几乎是怀抱着深重的感恩，觉得自己和友人都能如此被上天眷顾，他已经不再奢求更多。第一次在报纸上看到乌森与阿南的绯闻时，他完全是被逗笑了。

"怎么可能嘛。"他笑着指给阿南看，"你俩这是干吗去了，居然会被记者当成偷情的情侣。"

阿南扫了一眼："那天是帮你的写真集堪景，你经纪人临时有事，就我们两个去了。"

"哥，你不会生气吧。"乌森担忧的表情仍旧天真可爱。

"哈哈哈，怎么会，记者就是很爱乱写。"当时，秋野是真的完全没有把这一切当作一回事，三人关系向来亲密，记者拍到一点素材便大加编造，也不是一天两天的事情。

关于两人虚虚实实的偷拍不时就会见报，有时秋野在场，有时不在。但秋野始终没有在意过，他终究信任他们。

直到阿南失踪，直到阿南被杀，直到乌森被捕。

他才慢慢将所有过往串联起来，发现可怖事实。

他忍不住震惊于自己的后知后觉。

这已经不只是后知后觉，而是可以用"愚蠢"来形容。

乌森长久以来对秋野的关怀与支持，都是出于一种类似"怜悯"的感情。

在家乡，没有人欺负家境殷实的乌森，却有人欺负不知天高地厚的秋野。乌森愿意帮助秋野，是因为"你不如我"，是因为"我帮你可以彰显我的正义与善良"，这些细小的情绪甚至连乌森本人都不一定真正意识到。

等他们都来到沼津，乌森依然是那个轻易便可以交上好运、飞黄腾达的人，秋野依然是那个需要乌森帮助才能勉强继续前进的人。

旧日平衡从未被打破。

直到秋野被星探发掘，迅速走红，乌森事业跌入低谷。两人身份对调，乌森成为秋野的专属摄影师。

秋野本以为都是实现理想的方式，谁强谁弱又有什么关系。

可他忘记了，迟钝如他，也曾因为乌森为他介绍小角色去演，而感受到一种羞愧与不甘混在一起的复杂情绪。

更何况，乌森从小生活优越，从小就以一个温暖但骄傲的"施予者"身份出现在秋野面前。

这种身份的对调几乎必不可少地会让乌森心中渐渐失衡。

秋野心下混乱地思考着这一切。

所以你就要睡我的女人，甚至杀掉我的女人吗？

秋野仍旧不敢相信那是乌森会做出的事，但除此之外，并没有其他解释。

小野警官曾打来电话，问他是否有想到新的线索。秋野脑中混乱，并未想到任何有用的东西。

"警官。"在对方挂断电话之前，秋野突然叫住他，"他……认罪了吗？"

"认了。"小野警官回答。

那种刺骨的寒意从脚跟慢慢蹿升，直冲向头顶。

秋野莫名想到他们往日一起快乐大笑的日子。那些日子里，乌森有多少时候，是真的快乐，又有多少时候，是在笑着揣摩该如何给予秋野致命一击呢?

他与阿南是什么时候开始的?

他们笑着告诉他,记者所报道一切都是无稽之谈时,是不是一起在心中嘲笑他竟如此愚蠢?

有多少个乌森与阿南在一起的夜晚,是靠着蔑视他、践踏他,甚至侮辱他而进行着?

又或者,他们根本就不曾提起过他,把他当作空气一般,彻底无视掉?

这些追问一旦开始就无法停止,秋野拿电话的手都在发抖。他努力稳定住情绪,电话那头的小野警官还在,他不能让对方听出他如此失态。

"不过……"小野警官突然说,"大概明天就会释放他了。"

"为什么!"

"因为……我们找不到尸体。"小野警官格外低落,"我们尽力了,他很自信我们绝对找不到他将……您太太藏在哪里,即便我们很确定他杀人、碎尸、抛尸,可没有尸体,就无法立案。"

秋野大脑突然断掉线,拿着电话愣愣地站了几分钟,都没能接话。

"但我们不会放弃……"小野警官表决心。

秋野已经完全听不到,乌森自信承认杀人抛尸的事实,现在却因没有尸体,而无法立案。

警方自然会继续努力,但努力的意义到底还有多大?

如果乌森已经自信到可以当着警察的面承认这一切,是不是说明他已经有绝对的自信,尸体——竟已经开始将阿南称作尸体——

被他藏在了绝对不会被发现的地方。

甚至已经被他研磨成粉，消散在这颗星球上。

秋野扔掉电话，在客厅坐下来。天色已晚，他没有打开灯，客厅光线昏暗。

明天早晨，乌森被捕满四十八个小时，没有找到尸体，他自然会被释放。

他会逃跑吗？他不会。

他那么自信，大概只会闲适地看着警察忙前跑后，却始终一无所获吧。

他会看着秋野因失去爱人，而渐渐崩溃。

他会看着秋野重新成为那个需要他庇护的人，却再也不可能得到他的庇护。

他想要的就是这个吧。

黑暗中，秋野握紧了拳头。

不可原谅。

无论如何，乌森都不可原谅。

那是个漫长的黑夜，秋野坐在沙发上，看着天光一点点发白，一点点亮起来。他起身洗漱完毕，穿上为下个月颁奖礼准备好的衣服，将手枪封好，放进口袋中。

那是他托人从黑市买回来防身使用的。

他深吸一口气，走出家门。

他不打算放过乌森。

这个多年来一直居高临下的男人。

这个从不曾真正尊重过自己的男人。

这个因嫉妒夺走阿南而后又杀掉阿南的男人。

这个不可救药的男人。

秋野几乎是心怀壮烈地出了门。

他躲在乌森家地下车库的大柱子后面。

乌森已经出来了。

只有他一个人，很好，正是最好的下手机会。

秋野冲上去，没有给乌森任何反应的机会，端起枪，射击。

可他的手指刚刚扣上扳机，就只见乌森迅速转过身来，伸手抓住他的手腕，用力朝相反方向掰去，枪口只一个瞬间，便调转过来冲着秋野。在整个迅猛的过程中，秋野惯性地按下了扳机。

乌森练过跆拳道，力气远大于秋野，只要偷袭不成，他便没有成功的可能。

子弹从手枪中射出，向着秋野心脏的方向。

一声轻响后，整个夜晚都安静了。

秋野只觉得凉，全身冰透的那种凉。

秋野低头看到血从自己的胸口缓缓流出，才想到这是要死了。全世界都在旋转，他摔倒在地。

乌森高高地俯视着他，脸上仍旧带着嘲讽的微笑。

秋野的四肢在抽搐，他感觉不到疼痛，只觉得全身的力量都在这阵抽搐中被剧烈地抖了出去、散了出去。

他的生命也全都由此倏然流走。

嘲笑我吧。

你尽情地嘲笑我吧。

我不在意了。

我现在要去与阿南重逢。

所有的荣耀都是你的，所有的智慧都是你的，所有的胜利都是你的。

我什么都不要。

我什么都不要。

八

自从知道秋野家的位置后，望月每天下班都会到他家附近开上两个来回。

她无意骚扰，也不想更进一步，只隐隐希望能够偶尔遇到对方，远远看上一眼，或者以绝不可能被发现的距离，陪他走一段路，便已经觉得心满意足。

来的次数多了，便也摸出规律。

秋野常常会在早晨六点到七点间出门散步，绕着小区外墙慢慢走一圈。因此她便特意早早出门开工，将自己那辆绿色出租车停在隐蔽的角落，静待秋野出门。

那是她每一天的温柔时刻。

他在她遥远的注视中，幽幽地散步。她看不清他的表情，也听不到他的声音，只看得到一个远远的小小的身影。

她想象走在他身边的感觉，挽着他的手臂的感觉，一起看向天空的感觉。

她在想象中和他走完了一生。

她不觉得自己可悲，也从未有过不忿。

这世间有那么多人过着被谎言、虚伪、罪恶包围的生活。

他们说服自己那是爱情，那是生活，那是生而为人的意义。

但真的是吗？没有人能斩钉截铁地给出答案。

人类如此渺小可笑，而她只想如此远远看着深爱之人，守着她成长至今所做出的最正确的决定，过完这短暂一生。

国外有人跟衣柜结婚，有人跟绵羊结婚，有人跟一棵树结婚，有人跟一间屋子结婚。

那就当我跟一幅画结婚了吧。

望月每每望着秋野小小的背影，只觉得周身全是幸福，幸福到只想微笑，幸福到觉得日日如此辛苦的女司机生活也都不算什么。

甚至，她不无激动地想，如果有一天他掉落钥匙，或者遭遇麻烦，她还可以立刻冲上去伸出援手，装作一个善良的无关路人。

我爱过你，我爱着你，我会一直爱下去。直到我生命终了的那一天。

你不需要知道，你只要像星辰，像月光，照亮我头顶的天空，就已经是上天给我最大的恩赐。

等他真的掉落钥匙、遭遇麻烦她冲上去帮忙时，所有所有这一切，都可以在他说出感谢的时候，被她放在那句装作不经意的"不客气"里尽数表达。

望月像盼望一个假期一样盼望着那一天。

可那一天真正来临时，她却没能在场。

那天她刚刚将车子停稳，还没来得及下车去等待秋野出门，就看到一个戴着巨大口罩的长发女人冲过来上了车。

"白夜小区。"那女人露在外面的眼睛目光炯炯。

"不好意思，我现在还没开始工作。"望月道歉。

"你这是拒载？"女人挑挑眉毛，头发随意地散在肩头。

"不是，我的意思是说……"

"不是的话，那就开车，拒载要被投诉的。"女人拿出手机，不再理会望月。

若被投诉拒载，就不只是罚钱那么简单。

望月无奈只能重新发动车子。白夜小区在沼津北郊，是最高档的小区之一，距离非常远，等送完这一单回来，秋野大概早已结束散步，去做其他事了。

这个女人实在可恶，竟就这样轻易地破坏掉自己一天中难得的与秋野遥远相处的时刻。

望月叹了口气，第一次觉得自己规避了常人痛苦与欺骗的"婚姻"也并非那么完美。

晨光中的沼津街头清爽微凉，人流稀少，望月可以一路畅通无阻地开下去，竟也有点飙车的快乐。

"就在这里停吧。"还未到白夜小区，后座女人突然开口。

"还没到啊……"

"我说停。"女人加重语气。

望月靠边停车，女人将钱甩到前座，扬长而去。

夜行列车

望月搞不清楚她到底是在趾高气扬些什么，是美貌无双，还是富可敌国。

随她去吧。望月只想赶快回去，如果今天秋野刚好晚些出门就最好，她或许还能匆匆看上秋野一眼。

但赶回秋野家附近已经太晚了，太阳耀眼地升到头顶，秋野早已经回家。

或许是因为那一天没能如往常一般看到秋野，或许是因为早晨第一单生意就是个脾气古怪的女人，总之，那一整天望月都过得很不顺遂，不仅没有拉到几单像样的客人，还差点与另一辆车发生剐蹭。好在一切有惊无险，夜色浓重起来的时候，她长长呼出一口气，准备回家前，再去碰碰运气，看一眼秋野。

万一他今天晚上也会出门散步呢？也不是全无可能嘛。

望月总觉得一天没有看到他，就哪里都不对劲。

"突然改成晚上散步"这种小概率事件自然没有发生，不仅没有发生，秋野家的灯还全部都熄灭着，整栋房子都笼罩在一片黑暗中，她一直等到后半夜，灯始终没有亮起来。

是出门了？

不会出事吧？

望月摇摇头否定了自己，都说癌症病人不会被车撞，秋野最近已经那么多灾多难了，肯定不会再发生更多坏事。

最后看了一眼，仍旧是一片漆黑，无人归来，望月驱车回家，安然睡去。

第二天一早，她的闹铃没有响，又耽误了去看秋野出门散步的时辰。她忍不住暗骂一声。这两天到底怎么回事，好像老天爷就是不想让她见到秋野，总给她各种阻碍。

她边洗漱，边穿好衣服，紧跑两步出了门。

开往秋野家的路上，等红灯时，她看到商场大楼的巨大屏幕上竟破天荒地在播放平时收视率极低的早间新闻。

"摄影师乌森昨日清晨已无罪释放，却遇到著名影星、歌手秋野的袭击，袭击并未成功，乌森凭借多年跆拳道功底，阻止了秋野的射杀，并在争夺中，不慎将手枪朝向秋野，秋野开枪后，子弹却射向了自己……"

红灯已经变作绿灯，但望月没有踩下油门。

当场死亡？

昨日清晨？

等等。

望月试着理清自己的思绪。所以是说昨天她一天没有去陪伴秋野散步，秋野就去找乌森复仇，然后却被当场反手杀死了？

所以他家昨晚才会一直都没有人？

老天爷这两天设下种种阻碍，是为了不让我见他最后一面？

如果我昨天清晨如同往常一样，远远地跟随他一段，是不是就能阻止他呢？

或者，是不是能至少好好告别呢？

明明是去复仇，明明枪就在自己手中，最后却被对方反手杀掉，该说你天真，还是该说你傻。

后面的车子在不停地鸣笛，望月用力踩下油门，丝毫不理会路边招手叫车的客人。车窗全部打开，风用力地吹到她脸上。

从此以后，再也见不到他了。

从此以后，人生再次只剩下她一个人了。

果然所有的快乐，所有的幸福，所有正确的决定，都不可能是我的。

迎着清晨凉凉的风，望月终于流下眼泪。

从今天开始，是真正的只有自己了。

九

一周之内，连续两次因不同命案进入警局，乌森也可算作是空前绝后的嫌疑人。

早上将乌森释放，小野召集部下，研究到底应该去哪里寻找被乌森藏起来的阿南的尸体。可所有人都一筹莫展。

天知道乌森到底将被切碎的阿南藏在了何处。

他的家，他的公司，他的秘密仓库，垃圾处理站……所有想得到的、想不到的地方，全部都一一找过，但阿南依然不知所踪。

阿南人间蒸发一般，彻底消失了。

若最终找不到尸体，那这件案子便绝无可能立下。

"我听说曾经有过一件案子，发生在一片牧场上，尸体自始至终都没能找到，直到凶手自己身患绝症，将要去世，才将真相告知给同乡小哥。"小臻问，"那个凶手就是使用牧场上的工具，将受害者的尸体研磨成粉，制作成饲料，喂给牧场上的动物们吃掉，乌森会不会是那样做的呢？"

"不可能。"小野皱紧眉头，"第一，他家里完全没有那样的大型工具。第二，如果真的那样做，声响必然会惊动邻居。第三，即便是研磨成粉，也不可能丝毫痕迹都没有留下。这里毕竟是沼津，不是人烟稀少的辽阔牧场。"

"那他到底把阿南藏去了哪里啊？"小臻泄气地靠在椅背上。

没有办法，除了地毯式搜索，不可能再有其他办法。

"算了，既然没有新的线索，就先各自去忙。"小野需要一个人静下来思考到底还能从哪里突破。

那整个上午，他都坐在办公室阳台上发呆，却始终没能想到切实可行的办法。想得越久，头便越发疼起来，整个人也跟着烦躁不已。

忍不住违反禁令，点着一根烟，刚抽两口，办公室的门被小臻猛地撞开，他手忙脚乱地灭烟。

"什么事？"小野问。

"乌森……又被抓回来了。"小臻气喘吁吁地说。

"啊？"

乌森因开枪杀死秋野，在时隔五个小时后，再次被逮捕归案。这次他没有逃脱，也没有慌张，比上次进来显得更加气定神闲，仿佛已经确认警方绝无可能将他如何。

"这么快就再见面了。"小野打招呼。

"这算正当防卫吧。"乌森语气平静，毫不在乎。

"还不能确定。"

"地下车库的监控应该有拍到，那把枪也是他带过来的，还有……"乌森抬起头，"那个跟踪过来的记者好像也拍到了他袭击我的画面，虽然那小记者已经被吓到说不出话了。"

乌森深深注视着小野的眼睛，冷峻地说："是正当防卫，没错吧。"

他说得没错，每一条都正中靶心。

凶器、监控、目击者，所有的一切都可以证明秋野的死，是毫无疑问的正当防卫。可小野就是看不惯他那副将一切玩弄于股掌之中的嚣张嘴脸，他把警察当什么，陪他玩过家家的小孩吗？

小野无论如何也无法原谅他如此心平气和地说起一条人命。

"这对夫妻全都死在了你手里……"

"警官。"乌森抬起手，制止小野继续说下去，"我希望你不要说这种没有证据的话，这会显得你非常不专业。"

小野在桌子底下握紧拳头，克制自己想要一拳打过去的冲动。

"乖乖坐在这里吧。"

即便无法将乌森定罪，但把他关足四十八个小时，还是可以做到的。

上一件案子里找不到阿南的尸体，这一件案子摆明就是正当防卫。

无能为力，显而易见，小野在职业生涯中还从未遇到过这样无处施展力气的时刻。

过往的案子里，再怎么难解，再怎么可怕，他也总能找到办法，总能发现漏洞。

可这一次，他觉得横在眼前的简直是一堵又高又厚的城墙，即便有心想要将其推倒，也是无从下手的。

他无心安排其他工作，独自一人从警局走出来，下午阳光正足，伸手招来一辆出租车，他实在是身心疲惫，不想走路回家。

那是辆绿色的出租车，司机是个年轻女孩子，右边头发挑染了一缕银色，看起来扎眼又任性。

现在出租车司机可以染银色头发？

"我平时会把那缕头发藏在黑发里，不会让人看到的。"女司机突然说话。

小野忍不住嘲笑自己，现在连一个普通的女司机都可以看穿自己的心事，世上大概不会再有像今天的他这样无用的警察了。

"听说大明星秋野被杀了，您说那是真的吗？"女司机探听八卦。

"大概吧。"他没有耐心应对。

"犯人肯定会被抓的吧。"女司机八卦之心不死。

"不一定。"他头也不抬地回应。

"为什么啊？不是当场就被抓住了吗？"女司机语气焦虑。

"枪是秋野的，他本来是打算去杀死乌森，却在争夺中，被自己射出的子弹射中心脏。"小野希望能够堵住这啰唆的女司机。

果然女司机不再说话，一路清静。

"所以秋野被杀，就白白被杀吗？"停车后，女司机突然目光炯炯地看着小野。

小野不知如何回答："应该吧。"

"那凶手先杀掉阿南，再杀掉秋野，杀了一对夫妻，就只能这么算了吗？世上哪有这样的道理？"

小野停下转身的脚步，认真地看着这女司机。

"你为什么会知道这么多？"

女司机一时有些慌乱："出租车司机消息来源本来就多嘛，我也没有别的意思。"

小野端详着她，试图确定她到底有什么意图。

"法律总会给出公正的判决。"

"如果法律也判决不了呢？"

"那就只能交给天神了。"小野转身离开。

第二天，小野来到警局，办公室里已经有个中年男人在等他。

"这位是秋野的律师尹先生。"小臻上前介绍。

"有什么事？"小野向来对律师这种爱钻空子的人没有好感。

"是这样的，秋野先生生前立下遗嘱，说一旦他死亡，要立刻执行，所以我希望能够过来确认秋野先生的死亡。"尹律师语气冷落清脆，公事公办。

"是要开死亡证明？"

"是的。"

"需要这么急？"

"秋野先生希望自己的遗产能够最大限度地发挥效用，所以生前再三嘱托，不要有一天一时的浪费，要尽快将遗产转入慈善系统，所以希望您能帮忙尽快开出秋野先生和阿南女士的死亡证明。"

"什么？阿南的也要？"如果尸体没有找到，只能等失踪满四年，才能走法律程序宣告对方死亡。

"因为实际上秋野先生遗产的第一继承人是他的妻子阿南女士，但现在阿南女士已经……"尹律师斟酌着用词，"总之，如果不连阿南女士的死亡证明一起开出的话，秋野先生的遗产就没办法尽快转入慈善系统。"

"那应该是没有办法的。"小野说，"我不能做这么不负责任的事情。"

"可那真的是很大一笔钱啊，可以改善太多小孩、太多地区居民的生活，就这样耽误四年，说不定很多人等不到救助，就已经死去了，这样真的没问题吗？"尹律师一副试图唤起小野同理心的样子。

"但法律就是法律。"小野说，"这你比我懂。"

"只是开一个死掉的人的死亡证明，没有那么难的。"尹律师尽忠职守，口不择言，"您需要什么，都可以提的。"

"可要是那个人并没有死呢？"

小野还没来得及告诉尹律师这种空子是绝对不可以钻的，就听到身后的声音和由远及近的高跟鞋声音。

他转过身来，在午后阳光中，看到一个戴口罩的女人迎面走来。

她缓缓摘下口罩，露出阿南的脸。

十

有溪知道，多年以后，自己一定会为曾经那个执着追求"酒馆美人"式大新闻的自己而感到羞愧。生而为人，最重要的从来都不是挖出何种惊天猛料。

他坐在乌森家的客厅时，已经开始明白这个道理。

乌森被逮捕后，他也作为目击证人被带往警局，阿南出现的时候，他正在隔壁录口供。透过玻璃窗，看到阿南的上半身从窗口飘过去，他以为自己看到鬼，整个人都愣在当场。

以为自己看到鬼的并不只有他，警局所有正在办公的人都停下手中的工作，十分在意地看着小野警官的审讯室，他们只看得到几个人在里面交谈，却听不到到底在谈些什么。

坐在有溪对面的小警察明显已经被阿南惊世骇俗的登场引去心神，只想跟同事一道前去围观，匆匆地给有溪做完笔录。

"我们随时保持联络，有事情的话，可能还会有麻烦到您的时候。"小警察边有礼貌地说，边紧急收拾书本电脑，起身赶往外面。

但已经为时已晚，有溪跟着出来时，他们正遇到阿南与乌森牵手出门。

"看过监控就擅自说别人已经死掉的人，是您吧。"阿南一副只想尽快摆脱纠缠的嫌弃表情，"我只是去朋友的山中别墅住了几天罢了，没有手机信号，没能跟外界联络。"

小野紧走几步，追了出来。

"这是你和乌森设计好的吧，全都是你们设计好的吧。"小野气急败坏。

"警官。"阿南悠悠地转过身，"没有证据的话，希望您不要乱说，好吗？"

小野被她噎得没有话说。

"自始至终，你们都没有找到我的尸体，不是吗？"阿南语气轻巧得就好像她口中正在谈论的并非是她的尸体，"那怎么就擅自怀疑我爱的男人是杀人凶手呢？"

阿南说完，轻轻抬手，抚摸乌森的脸颊。

"可监控显示你根本就没有再从白夜小区里出来啊。"小野已经顾不得尊严体面。

"那大概是你们的工作做得太不细致吧，我怎么可能没有出来呢。"阿南摊开双手，"我这不是就在这里吗？"

阿南不再争辩，挽着乌森的手，转身离去。走出几步后，又转过身来。

"既然我这个第一继承人还在，那秋野的遗产是不是可以尽快转到我的名下呢？"她对着尹律师说。

尹律师已经被眼前这一连串变故惊吓到只知道呆呆地站着，听到这话，忙点点头。

"秋野的死亡证明已经开出来了，遗产很快就能进入过户手续。"

"那就好。"阿南挽着乌森的胳膊，转身离开警局。

"你就是为了把秋野的钱全都搞到自己手中吧？"小野大喊。

阿南笑盈盈地再次转过身来："警官，我再说一遍，没有证据的话，我希望您不要乱说。"

"我绝对不会放过你的！"小野已然绝望。

她没再回头，与乌森昂首挺胸地走出警局，留给所有人一个高傲到无法辩驳的背影。

有溪呆在当场，都忘记翻出相机来拍照，等手忙脚乱地拿出相机，两个人的身影已经完全消失。

"那我也先告辞了。"有溪跟给自己做笔录的小警察打过招呼，

夜行列车

匆匆追出来。

果然已经找不到，正要丧气地在路边台阶坐下来，哀叹自己果然没有写大新闻的命，一个身影盖住了他垂下的头，他抬眼看到阿南重新出现在自己面前。

"走吧。"阿南说，"好歹算是利用了你，也该给你一点回报。"

有溪跟着上车，来到他来过无数次的秋野的家，不，现在是阿南的家。

进家门前，乌森先认真搜过有溪的身，确认他身上没有窃听、录音装置。

"其实是没有关系的，只是已经走到这一步，还是不希望在此时留下证据。"阿南礼貌地说。

"没关系，我记得住。"有溪说。

阿南冲他笑笑："其实原本是不打算告诉任何人的，但毕竟最终乌森能够认定为是正当防卫，几乎完全仰赖你的证词，感觉不给作为记者的你一点回报，总是说不过去的。"

有溪认真地点点头，即便不是大新闻，当作都市传奇故事来写，也依旧很好。

"反正我们大概是不会再回来了。"阿南笑着说，乌森温柔地坐在他身旁。

那不是个很长的故事。

阿南的前任彦一错杀了旧日同学，锒铛入狱，阿南顺理成章地和秋野住到一起。

他们恋爱、做爱，他们吵架、和解，他们期待未来，他们沮丧当下。

他们如同沼津这座城市中的每一对寻常情侣一般，平凡生活着。

可阿南到底不是个安于现状的女人，她想要热烈的爱情，她想要激情的生活，她不想要人生就此死水微澜、一成不变，不然她为什么会选择出轨、选择跟秋野在一起。

就是因为她知道这个男人和其他男人不一样，如果他变得如同彦一一般懦弱无聊，那这一场恋爱还谈得有什么意义呢？

"你是从什么时候开始厌弃秋野的？"有溪忍不住问。

"从我们住到一起的第一晚。"阿南语出惊人，"彦一很爱打呼，总打扰我睡觉，我以为换个男人，就能变好，没想到秋野这么清秀英俊，居然也会打呼，男人还真是一种无药可救的生物啊。"

好在这种厌弃并没有持续太久，秋野就被星探发掘，迅速走红，紧接着阿南也有了节目可上，两个人开始各玩各的。

阿南就是在这个时候开始把目光转移到秋野身边那个高大英俊的摄影师乌森身上的。

"就这样？追求新鲜感？"有溪不敢置信。

"这还不够吗？人生这么短，当然要怎么开心怎么玩嘛。"阿南一副理所当然的样子，任谁看了都会觉得格外火大。

刚开始阿南与乌森还有所顾忌，总是偷偷在一起，后来两个人不再避讳记者，也不再避讳秋野，爱拍就拍，爱知道就知道，一切大白于天下，他们正好顺势光明正大在一起。

谁想到秋野竟傻傻地将外界传言都当作无聊绯闻，完全不相信两人已经背着他做下许多对不起他的事。

看到秋野如此愚钝，阿南才动起了别的心思。

"如果他那么蠢，那把他的钱全都搞到手，然后再远走高飞，不是很好吗？"阿南一脸认真地说出邪恶的话。

有溪下巴都要掉到胸口，他不懂怎么会有人这样理直气壮地说出如此无耻的话。

这大约就是所谓反社会人格。

根本不把他人生命当作一回事，考虑任何问题都只从自身角度出发，人挡杀人、佛挡杀佛，绝不眨眼，绝不手软。

有溪庆幸自己与她没有利益冲突，不然他没有信心能够逃出她的手心，即便她只是个清瘦的女生。

"首先，就是要确认，他依然爱我。"阿南笑着说。

这没什么难的，阿南失踪的第一天，秋野便已经失魂落魄地从外地片场赶回来，即便他知道就算赶回来，也没有什么是他可以做的，他也依然赶了回来，只为更好地了解调查近况。

"一切计划都建立在他依然爱我这个前提下。"阿南轻轻喝了一口水，"如果他不再爱我，那我便无能为力。"

通过监控，乌森让警方怀疑是他杀死了阿南，加上像模像样的碎尸抛尸、目中无人的言行举止，所有人的焦点全都集中在乌森这个重大嫌疑人身上。他与阿南原本就有过绯闻，再经过各路记者加油添醋，完全是一个集艳情、谋杀与大明星于一身的绝佳故事。

而阿南则在人流密集时，乔装改扮后，离开白夜小区。

"乌森当时为什么会告诉我？"有溪问。

"就像他当时所说，即便不是你，其他任何一个记者进来，他都会说，如同他无论如何，也都会对警察摆出即便真凶就是他警察也拿他没有办法的嚣张嘴脸一样。"阿南说。

为什么警察找不到尸体，因为根本就没有尸体。

掩埋尸体的最好方法，就是不存在一具尸体。

这短短几天，阿南躲到朋友位于深山郊外的别墅中，关掉手机，与外界断掉一切联络，安心扮演好自己在这场计划中的角色——"消失的尸体"。

警察找不到尸体，自然就不可能立案，无法立案，乌森就不可能被判刑，四十八小时一过，自然只能释放他。

警察困于法律，无能为力，暂时无法对乌森做进一步调查，但秋野不会。

失去妻子、盛怒之下的秋野会来找乌森复仇。

"你就那么确定秋野会来？"有溪忍不住对她的自信产生怀疑。

"其实我一开始没那么确定。毕竟我们的婚姻已经走到了这样没滋味的地步，他即便不为我复仇，也合情合理。但他一听到我出事，就立刻慌张地赶回来，他的不安，他的愤怒，他的不知所措，全都被我看在眼里。这些让我确认他依然如初地爱着我。我太了解他，他曾经那样胆小怕事，会因为见到一场谋杀案，就不顾工作，转身逃走。但如今的他早已经是见过太多人事沧桑的男人，他在遇到我之前从没有爱过其他人，遇到我之后，也没有。"阿南语气庄重，"所以乌森那么嚣张跋扈地在公共场合表示我就是被他杀掉的，而且他还不惧怕任何人的调查，不可能有人将他绳之以法，这绝对能将秋野心底最深的怒火引出，然后他必然会去找乌森复仇。"

夜行列车

"我不是自信，我只是了解他罢了。"阿南云淡风轻地总结。

而那一条复仇之路上，有溪就跟在秋野身后不远处，眼睁睁看着他冲上去，掏出枪，没来得及开枪，就被精通跆拳道的乌森一个闪身，折过手腕，秋野此时正扣动扳机，子弹也因此射向了他自己，当场死亡。

"他怎么可能不知道乌森有练过跆拳道？"有溪对这个计划中的漏洞始终不能释怀。

"他当然知道，可愤怒与激动之下，他误以为自己能够速战速决。实际上，当时的乌森已经知道他就在身后。"阿南脸上再次带上甜美的微笑，"我们要的就是那个正当防卫的证明。"

计划进行到这一步，已经接近尾声。

先以嚣张面对警察与媒体的态度，营造出"乌森杀害阿南却逍遥法外"这一令人愤怒的假象，以激怒仍旧爱着阿南的秋野。再制服并假秋野之手杀死前来复仇的他，以制造正当防卫的铁证。

地下车库的监控、手枪上的指纹、有溪的证词和照片，一切的证据全齐了。

第一件案子，没有找到尸体，无法立案。

第二件案子，正当防卫，无罪释放。

此时阿南再出现，以"她在山中别墅关掉手机去度假了"为借口解释自己这几天的行踪，再以秋野妻子第一继承人的身份完全继承留下的巨额遗产。

秋野死了，钱全部都归阿南和乌森。

"那种弱智的借口，警察真的会接受？"有溪简直不敢相信自己听到的事情。

"他们当然不会接受，他们会怀疑一切都是我跟乌森合谋做下的计划。"阿南的笑容从未改变，"但他们有证据吗？"

"他们没有。"乌森在阿南旁边坐下，"没有证据，法律就不能将我们如何。这大概就是一切只讲求证据的法律的吊诡之处。"

"那你们现在告诉我……"

"进门之前已经那么彻底地搜过你的身，没有录音设备，留不下录音证据，那你把这件事情说出去，也顶多又是一件都市奇谈罢了。"乌森与阿南相视一笑，"我们到底是在最后关头利用了你，送大记者一个故事，也是应该的。"

他们如此险恶地将一个天真男人的一切都骗到手，还能毫无愧疚之心地对着彼此微笑，觉得他们是在追求美好爱情。

有溪知道自己绝不能正义感泛滥，此刻与他们对着干。他也知道自己不会去警局举报他们，就像他们说的，警察对他们的行为心知肚明，但没有证据，只要没有证据，一切都不成立，就可以当作一切都从没有发生过。

既然已经绝无可能把这一切以纪实文学的方式写下来，那换成小说总是可以的。用上似是而非的名字暗示，如此曲折离奇的事件作为小说出现，大概也会引出不小的反响吧。

虽然离真正的"酒馆美人"还有段距离，但到底算是留下了自己的作品。

有溪心下叹息，觉得自己应该知足。

又觉得这个知足的自己跟对面这两个人也并没什么不同。他们是为了得到遗产而罔顾秋野的性命，而他是为了"酒馆美人"而罔

夜行列车

顾事实的真相。

半斤八两，谁也不用嘲笑谁。

"那接下来呢？"有溪口中已经有了同盟的语气。

"接下来大概会真正出门玩一段时间吧，乌森一直闹着要自驾游，就去东边的山里，躺躺草地，看看星空。"阿南顺手闲闲地整理自己发梢。

"如果有一天，你又厌倦了这个男人呢？"有溪大胆提问。

阿南转过头看了一眼乌森，微微勾起嘴角，展露温柔笑容。

"你怕吗？"她问乌森。

"怕就不会找你了。"乌森也笑着，"如果真有那一天，希望我们势均力敌。"

这个场面有溪不想再继续看下去，他怕自己会忍不住生理性呕吐，说到底他是无法顺利接受这对踩在他人尸体上卿卿我我、展示甜蜜的男女的。

他看不下去，但他也不敢主持正义。

他只不过是个普通记者，是个软弱人类。

他起身告辞，打车回公司写稿，他打电话让实习生出来接自己，大稿已算有了着落，他要请实习生狠吃一顿，实习生问他所乘坐出租车颜色，他说是绿色。

"他们大概这两天就会离开沼津，跑去搞什么自驾游，法网到底也有疏漏的时候。"有溪无力地跟电话那头的实习生说话。

他抬起头来，看到开车的女司机脑袋右侧有一缕银色头发，随着车子行进，那缕银色头发微微颤抖，随着轻风，弯成一道微笑。

十一

阿南和乌森终于踏上自由、富有的自驾游之旅。

从沼津出发，一直向东开，沿着人烟稀少的盘山公路慢慢开，悠然缓慢，心情舒畅。

他们现在有的是时间，也有的是钱，是挥霍两辈子都挥霍不完的分量。

"一时间都不太知道应该先去做点什么了。"阿南微笑着看向正在开车的乌森。

"我也不知道，他红了以后，我被他压了这么多年，突然间没了他，反而不知道该怨恨谁了。"

两人沉默对视，仿佛以后人生的怨怼就全都只能抛向彼此，两人都知道彼此在想些什么。愣了一下，两人开始大笑，笑到疯狂，笑到如同天地间再无他人一样。

笑容渐渐消失，两人终于彻底沉默下来。

车子依然在盘山公路上安稳开着。

"就这样吗？"阿南说，"好无聊哦。"

没了秋野，没了一切压力和阻碍，他们可以自由自在地去爱、去生活，却突然觉得一切都如此无聊。

"人类还真是一种很贱的生物哦。"阿南叹口气。

乌森正要说话，却见盘山公路前方拐弯处，突然出现一辆绿色出租车，女司机脑袋右侧有一缕银色头发，挣脱发箍，轻轻飘扬。

她没有减速，没有让行，直直地朝他们的车子撞了过来。

一切都发生得太快，快到他们根本来不及做出任何反应。

他们的车子被立时撞翻，连同那辆绿色出租车一起滚落山崖。

无法与对方告别，无法牵住彼此的手，甚至没有时间看对方最后一眼。

末日竟以这种形式到来，两人全然无法料到，也无法接受。但已然没有翻身的机会。

车子跌落谷底。

片刻之后。

爆炸。

十二

从那位记者的电话中，得知阿南与乌森将要在最近开启沼津东山的自驾游。

望月将记者送到报社，自己则开车回了家。

她把关于秋野的一切都打包整理好，放在后排座位上，而后备好食物与水，开车上了沼津东山。

她要等他们上山来。

她无法原谅这样轻易就将秋野从她生命中夺走的他们。

他们嚣张、邪恶、步步为营、机关算尽。

他们把一切都覆盖进他们的计划中，他们没有留下任何证据，警察不能抓捕他们，法律不能惩治他们。

那至少，还有我。

望月恶狠狠地想。

秋野，这个她人生里最重要、最正确的决定，如今已经被他们磨灭殆尽。不止如此，秋野还因为他们而背上了杀人未遂的罪名。

他那么温柔，那么美好。

他是个会在半夜下车安慰路边哭泣的陌生人的温暖好人。

他们凭什么让他死？

他们凭什么让他用这样的名义去死？

他们凭什么？

望月想不通，望月也不想想通。

她满脑子只觉得世间道理不该如此，若没有人能做出裁决，那她愿意以自己的血肉之躯换来一个公平。

反正秋野已经不再存在，她也已经不知道该以什么来支撑自己继续面对接下来的人生。

她等了三天，终于等到他们的车。

她没有丝毫犹豫，将油门踩到底，全速撞了上去。

他们根本没有料到这里会有一辆亡命徒一般的车子。

没有一丝挣扎的机会，他们就已经被她撞下山崖。

两辆车子一同滚落山崖，望月眼前一片混乱嘈杂，爆炸紧随而至。

这就是我为你走出的最后一步必输无疑又赢得彻底的死棋。

我无法再为你做到更多。

秋野，再见。

黄雀

一

小雪站在沼津东郊的山顶上，风轻轻地吹过她散在肩头的长发。

"真的能很快结束吗？那我等你的消息哦。"她说完便挂掉了电话。

沉默片刻后，她又拿起手机，发出一条信息"你可以开始了"。

她在长椅上坐下来，沼津的东郊荒芜至极，几乎少有人前往，她喜欢坐在这里，无人打扰，乐得清静。

手机又响了，还是他。

"是吗？"她微微笑，"那真好呢。"

二

这是一栋安静的独栋住宅，客厅的电视里播着新闻，沼津最近出现连环杀人魔，专门杀害家庭主妇和单身年轻女性，手法残忍，思维缜密，已经犯下近十起案子，至今未被逮捕，整个沼津都被杀人魔的阴影笼罩着。

从客厅走出来，就能看到庭院中的游泳池。

"小雪，我很快就结束了，你放心。"成田望着正在游泳的妻子绘美，对着电话说。

说罢便挂掉电话，走到泳池边。

"绘美，过来啊。"他笑容温暖地招呼妻子。

绘美轻巧地游过来，正要开口与他讲话，却见成田突然伸出双手，抓住绘美的头，将其死死按进水中。

绘美身着泳衣，整个人在水中奋力挣扎，却始终没能成功摆脱成田的控制。

慢慢地，她的挣扎变得无力。

她终于不再动弹，成了漂浮在泳池中的一具尸体。

成田站起身来，满意地看着绘美。他脸上净是冷漠的笑容，他拿过泳池旁的毛巾擦手，转身回房间换好干净的衣服。

他再次打通小雪的电话。

"结束了。"他笑，"不过其实才刚刚开始呢。"

几分钟之后，他便衣冠楚楚地走出了家门。

他才刚过完二十八岁生日，今天更是与绘美结婚五周年的纪念日。

而就在刚才，他杀了她。

过程简单迅疾，没有超过十分钟。

她喜欢游泳，所以当年他们结婚时，特意买了带庭院的独栋公寓，庭院里挖了露天游泳池。绘美听到他的招呼的时候，仍旧没有丝毫防备，就这样游到池边，抬头微笑望着他。

他没有片刻犹豫，蹲下身猛地把她的头按到水面以下。

绘美当然也有挣扎，可她毕竟只是个久不锻炼的女人罢了，无论如何力气也是比不过成田的。

他保持着按住她的姿势，直到她溺水而亡。

成田换好衣服走出家门时，完全没有处理她的尸体，任由她飘在游泳池中。

明天下午保洁阿姨过来打扫卫生之前，都不会有人发现她的。

他现在要出门搭地铁去他曾经的学长、如今的好友若林家，此刻若林家应该只有他的妻子佳南。

他现在要去杀掉佳南。

三

要搭地铁，不能开车。开车目标太大，容易给人留下印象。

今晚的成田是不可以给任何人留下印象的，此时临近八点，地铁晚高峰还未结束，站内仍旧是滚滚人流，他知道自己只要走进人流，便可顺利消失。

他与若林约好八点半在白夜酒吧见面，今晚尽情喝个通宵。

若林最近过得很不快乐，事业和婚姻都出现危机。对自己一直以来的坚持产生巨大怀疑，对自己多年来一直恩爱的妻子佳南也没有了激情。

今天终于无法忍受，找成田出来喝酒。

正中成田下怀。

若林向来是老实人，长相普通，衣着普通，气质普通，扔在人群里根本不会有人注意到他，大学时他曾连续一整年去同一家早餐店买早餐——这对于小气的他来说是太难得的事情。结果一年后，他觉得漂亮的老板娘应该已经记得他了，就大着胆子前去搭讪，老板娘满脸的疑惑："你哪位？"

就是个存在感低到这种地步的男人。

做警察都已经有几年时间，却仍旧不知道怎么和这世界上的大部分人相处。

最近跟妻子佳南的关系也越来越差，总是一副忧心着什么的样子，整个人都变得越来越憔悴。

成田坐上地铁后，看了一眼手表，刚刚八点，时间完全来得及。

他扫视眼前的人群，心中前所未有的安定。他正在为自己的爱情、自己的未来而奋力争取。这是他一生一次的战斗。

这么想着，他竟然觉得此刻的自己也格外悲壮起来。

其实杀掉绘美，没什么特别的理由，只是他爱上了别的女人。

如果他没有在上次出差时遇到小雪，估计这辈子都不会体会到所谓的爱情、所谓的幸福。

小雪那么美丽、那么温柔、那么善解人意，小雪是世界上最好的女人，拥有小雪的他是世界上最幸福的男人。

他想要跟小雪在一起，可他不能忍受离婚让绘美分走他一半的财产。

那可都是他这么多年辛辛苦苦赚回来的，绘美她做了什么？她不过就是在家打打麻将、美美容罢了，她凭什么？

从做出杀掉她的决定，到设计好计划，到真正实施，只用了不到一周的时间。

说到底，杀人这件事并没有那么难，也不需要多么惊天动地的动机。

人人都觉得杀人凶手一定是些穷凶极恶、心理变态的大恶人。其实凶手也不过是普通人，也会有各种各样普通人的喜好，所以也就会有成田这样喜欢喝牛奶的杀人凶手。

绘美今天大概也帮他准备了牛奶吧。

这一年来，成田的工作更加繁忙，平日很少回家，即便回家，也不想看到绘美。但她仍旧每天帮他准备一瓶纯牛奶，放在冰箱或者餐桌边，他回家就会喝掉。

在对绘美痛下杀手之前，任凭谁看，都会觉得成田不过就是一个喜欢喝牛奶的普通男人而已。

八点十分，成田顺利到达若林家，戴好手套和鞋套，按响门铃。

若林自然是不在家的，他此刻应该正在白夜酒吧等待成田的到来。

开门的是佳南。

"喝茶还是饮料？"成田刚一坐下来，佳南就忙着招待他。

"茶就好。"成田回答。他始终不懂，拥有如此美貌温柔的妻子，若林还有什么不满意的。

佳南帮他倒了茶，坐到他的对面："今天过来有事吗？"

"没事啊，就是过来杀掉你。"成田一脸认真地说。

佳南明显没把他的这句话当作一回事，笑着摆摆手："不要开玩笑了，最近我跟若林都过得很不开心，你要是有时间的话，就去劝劝他，其实我并没……"她忽然注意到了成田的异常，"你干吗戴着白手套？鞋套又是怎么回事？你难道……"

她正要站起来逃走，就被成田一把抓住胳膊，按倒在沙发上。

成田拿起沙发靠枕，闷在了她的头上。

她在挣扎，胳膊胡乱抓着空气，两只脚也在成田身体下面乱蹬。

可那又怎么样，她不过是个因为长期当全职太太而体力下降根本没有反抗之力的女人。若一个男人真的想杀掉她，她根本就没有任何反抗的机会。

很快，她就不再动弹。

成田拿下靠枕，看到她死后的脸。

她的模样还算平静，五官也没有人大变形。不得不说，她就算死了，也依然是个美女。

成田忍不住想假如他当年娶的是佳南，会不会今天就不会走到这一步。

谁知道呢，人生哪有那么多假如。

成田走出若林家，摘下手套和鞋套，确保这里没有留下他任何的痕迹，走到街边，随手丢进街边垃圾桶里。

垃圾桶每周清理三次，不用到午夜，这里的垃圾就都会被运送到郊区垃圾场进行粉碎焚烧。

夜行列车

明天早上，成田杀掉佳南的证据，就完全不复存在。

成田再次走进地铁站前看了一下表，八点二十分，时间刚刚好，他马上就可以到白夜酒吧，紧接着他就可以和若林好好喝个通宵了。

一切都在计划中。

八点三十一分，成田赶到白夜酒吧时只迟到一分钟。

若林正一个人坐在吧台角落里，面前没有酒，也没有服务生，他就那么呆呆地坐在那里，任由所有人将他忽略。

这么多年过去，他的存在感依然如此低。

成田整理下自己的衣领，走过去拍拍他的肩膀。

"你终于来了。"他像看到了救星一样抓住成田的手，"我都等了你半个小时了。"

成田笑了。

他叫来服务生，带他们去他早就订好的包厢。

成田点了一桌子酒，若林已经有太久没有好好喝到酩酊大醉，这次本应大肆放松自己喝醉才是，可他此刻坐下后，仍旧是一脸的紧张担忧。

"唉，成田，你知不知道最近沼津发生的几起谋杀案，很多家庭主妇和年轻女孩子被杀死在自己家里，死法各异，都发生在傍晚，至今都没能抓到凶手。"若林开了一瓶酒，认真地询问成田。

他知道，他当然知道。

四

成田知道那些谋杀案，但那些人并不是他杀的。

真正的杀人凶手大概仍旧躲在沼津某个角落里，等待再次下手。

或许是个对年轻女子情有独钟的寂寞男人吧，或者单纯就是个喜欢杀人的变态。

但总之，杀掉那些女人的人不是成田。

他杀掉的只有其中两个，就是他的妻子绘美和若林的妻子佳南。

她们都是年轻的家庭主妇，她们都刚刚才死，她们都还没有被人发现，她们很快就会被发现。

一切尽在掌握的感觉真好呢。

酒过三巡后，若林开始大吐苦水。

"那些破案子一件接一件地发生，可凶手却一点线索都没有，上头不停地逼进度，下属又一个个都那么不争气，是没法混了。"他又猛灌一口。

"那又怎样呢，你又不能不当警察了，这不是你一直的梦想吗？"成田接着给他倒酒。

"哈哈，梦想，什么狗屁梦想，当警察，抓坏人，多好的梦想啊，怎么就沦落到今天这个地步了？每天不是在填表，就是在写记录，什么侦探，什么推理，通通都是假的，都是写出来糊弄人的。"他接着灌酒，"我们局里那些悬案的卷宗，一个档案馆都放不下，每年都一批一批地往外运，然后销毁，因为根本就破不了啊……是破不了的啊……"

那一整个晚上，他们都在包厢里喝酒，具体喝了多少，成田也记不清了。因为到最后就连他自己也喝蒙了。

其实成田很想告诉若林，人生从来都只是如此，如此无趣、如此无力、如此无可奈何。

不管你选择去做什么样的工作，去实现什么样的理想，你总是要面对一轮又一轮的烦躁和不安，永远不可能有宁静和平，永远不会有你期待当中的那种美好生活出现。

你永远并且只能在这种烦躁和不安里度过余生。

人生啊，就是这么一件没完没了、至死方休的事情，所以不要再像现在这样委屈着自己了，好好地为自己而活，怎么痛快怎么活。

就像他这样。

成田几乎要把这句话说出口，但到底是忍住了。

人在喝酒之后，总是坦诚得让人不好意思。

凌晨，天还没有完全亮起来，他们打车来到若林家，他们都喝醉了，但即便这样，吝啬的若林也没有忘记跟出租车司机要发票。

成田还保有一丝理智，知道现在在若林家的沙发上正躺着一具尸体，但他们两个已经醉得根本没有能力去分辨沙发上的佳南到底是已经死亡，还是只不过是在睡觉而已。

他们各自在沙发上找到一个舒服的角落，沉沉睡去。

再次醒来，天色应该已经到了中午，他们是被若林的搭档小野叫醒的。

"你们两个混蛋别再睡了！出大事了！"小野的声音因为太急促而显得高亢，像个女孩子一样。

成田睁开眼睛，脑袋里嗡嗡作响，疼得像要裂开一样。若林此刻也正被宿醉折磨，他正用力扶着头，让小野小点声说话。

"你们俩别跟我说，你们没发现佳南被杀了。"小野语气郑重地说。

<h1 style="text-align:center">五</h1>

"佳南？谁？"若林问出这句话后，他们才顾得上往四周看去。跟随小野进来很多人，这时若林才看到了躺在对面沙发上的佳南。

被他们两个进门直接倒地就睡的醉鬼忽略掉的佳南。

好吧，其实只有若林，成田原本就知道佳南躺在那里。

他们就这样陪着一具尸体从凌晨睡到了中午，直到小野因找不到若林而担心地来找他，发现他家的门根本没锁，推门而入后，在家里发现了佳南的尸体。

他们一起跟随警察来到警局，若林是警察，这里是他日常工作的地方，可作为犯罪嫌疑人出现在这里，恐怕还是第一次。

负责审讯他们的是小野和一个不认识的警官。

"你跟若林是什么关系？"小野问。

"他是我大学的学长，毕业之后也一直都有联络，是关系很好的朋友。"成田语气冷静。

"昨晚八点到十点之间，你们俩在一起？"小野语气没有起伏地问。

"不只是八点到十点，昨晚整晚我们俩都在一起，白夜酒吧的服务生可以做证，我们俩喝了个通宵，他最近心情不好，我陪他来着。"成田仍旧平稳地说，语气尽量维持在对一切都毫不知情又不会让人觉得他在故意置身事外的微妙范围内。

"若林心情不好，是因为什么？"小野明显别有用心，但成田等的就是他的别有用心。

"因为他最近工作很不顺利，听他说最近一直发生年轻女子被杀的案件，却始终没什么进展。"成田语气滴水不漏地把话题引到重点，"再加上他最近跟佳南的关系又很紧张，所以才找我陪他喝酒，发泄一下总是好的。"

小野明显也听到了成田故意留给他的重点："他跟佳南关系紧张？"

"是的，不过应该也没什么大问题，他们毕竟也是相恋多年才结的婚嘛，况且昨晚他整晚都和我在白夜酒吧喝酒，应该可以排除他的嫌疑吧。"成田为若林提供的不在场证明很脆弱，却又很坚固，最重要的是很完整。

成田昨晚一路坐地铁，想去茫茫人海里找一个注意到他的人，简直难过登天。

再加上还有酒吧服务生和出租车司机做旁证，一切都很完美。

酒吧服务生被找来，证实了成田的说法，他们确实整夜都在包厢里喝酒——因为这原本就是实话。

按照若林手上的打车票找到载他们的那位司机，也能证明他们两个确实在早上快六点的时候，才回到若林家，所以他也根本没有时间去杀掉佳南。

两人很快被释放，警局办案从未像这次一样高效过。

警方认为他们拥有牢不可破的不在场证明，因此已经可以完全排除嫌疑，被当场释放。

但其实成田心里明白，这个不在场证明并不是完全牢不可破的。

因为警方推测佳南的死亡时间是八点到十点，但成田与若林是八点半才见面的，所以如果作为嫌疑人的若林在八点到八点半这半个小时里去杀掉佳南，也是有可能的。

当然，杀人的不是他，因为那半个小时他一直在白夜酒吧的角落里等待成田到来，可谁让他存在感那么低，在成田到达酒吧之前，根本没人注意到他这个人，也就根本没人能给他做出不在场证明。

所以他唯一可靠的不在场证明，就是成田。

更重要的是，他是警察，警方肯定会竭尽一切可能地去避免让他牵扯进谋杀案里，尤其是这种疑似可以并入连环杀人案的案件，不管真凶是不是警察，一旦有了警察涉嫌，肯定会对警方的声誉造成毁灭性打击。

所以既然有了成田为他提供的不在场证明，那他们也就顺势将这件事情搪塞过去。

他们付不起声誉打击那么巨大的代价，所以他们甘愿忽略那半小时的灰色空档。

刚走出警察局，成田的手机就响了。

他看了一下时间，正是保洁阿姨去他家打扫的时候。

一切都刚刚好。

成田接起电话，让若林在旁边等一下。

成田才刚听到对方的声音，语气立刻就慌张起来，是一种被巨大打击打蒙了的慌张，并刚好能够让若林看到他因慌张而略微扭曲的脸。

"绘美……绘美……她死了……"成田的语气听起来又沉痛又悲伤，拿着手机的手轻轻从脸旁滑落，无力地垂在身侧。

演技满分。

六

打电话叫若林过去帮忙调查的仍然是小野。

若林的手机铃声是最近格外火热的流行歌，这张手机卡是专门用来工作的。他手机上还装有另一个手机卡，成田模糊地记得那个号码的手机铃声是混音版的《卡农》。

成田常常笑他，何必多此一举，作为警察，生活和工作原本就已经没那么分得开，这样做也不过是给自己徒增烦恼。

"正因为很难分开，才更要分开，我不想自己的那一点点生活也被工作占用掉。"若林认真地解释。

他们赶到成田家时已经接近中午。

在水里泡了一整夜加半个白天的绘美，尸体已经很难分辨出确切的死亡时间，警方费尽心思也只能把死亡时间限定在前一天晚上八点到凌晨一点之间，完全不可能再缩小范围。

成田之前还稍微悬着的心在此时彻底落了下来。

他之所以将绘美的尸体丢进泳池，也是出于此等考虑。

接下来警方自然会开始调查他的不在场证明，不过他已经没有丝毫顾虑了。

"请问您昨晚在哪里？"一个年轻的女警过来询问成田。

"在跟若林喝酒。"成田自信作答，"一整晚。"

有了刚刚做过的笔录，按说已经没有必要再给成田做多么详尽的审问。

可警方却似乎并没有打算就此轻易放过他，他们似乎手握确凿证据，能够证明成田是杀害绘美的最大嫌疑人。

成田仔细观察着所有人，每个人脸上都看不出有任何端倪，可就是哪里不对劲。

难道他们发现了小雪的存在？

成田心中细细计算着自己与小雪的每一次会面。

不可能，成田根本没有带小雪出现在这个城市的热闹区域，他们的大部分约会都在远郊的幽静别墅中。

绝对不可能有人看到过他们。

可是警察却一直缠着成田不放，好像他们已经很确定成田有强烈的杀人动机，现在只缺一个突破口，将他的不在场证明打破，便可大功告成。

成田完全搞不懂他们到底发现了什么。

毕竟长久以来，在外人眼中，他与绘美都是相敬如宾的恩爱夫妻，他怎么可能有动机去杀她，他怎么可能会在这么短的时间里就成为头号嫌疑人。

夜行列车

他心中虽翻涌着种种可能，但仍旧不露声色地应对着警察的提问。

他一直提醒自己不要怕，他昨晚整晚都与若林在一起，他们不仅在一起，还喝得酩酊大醉。如果他给若林的不在场证明能够成立的话，那他的不在场证明，也必然可以成立。

这就是昨天成田所有行动的背后计划所在。

首先，这个城市里已经发生多起年轻女子被杀案件，虽然犯罪手法各异，却已经确定并案侦查。他此时杀掉绘美，就是为了把罪责推给那个不知道何年何月才会被抓住的变态杀人狂，而现阶段这件案子本就已经是一个连环杀人案，根本没人会在意多往那个杀人狂头上多算的两笔账。

成田杀完佳南后，就去白夜酒吧找若林喝酒。他的存在感那么弱，胆子那么小，不敢与人搭讪，不会被人注意，八点到八点半这关键的半小时不在场证明是没有人能够给他的。

除了成田。

警方当然极其愿意顺势认可成田这份帮他们警方的人洗脱嫌疑的不在场证明。

而当他们认可了这份不在场证明后，成田家的保洁阿姨去他家打扫卫生的时间也就到了，换句话说，绘美的尸体该被发现了。

他们自然是会怀疑身为配偶的成田，毕竟凶杀案中，有相当大的概率凶手就是配偶。

可因为他们此时已经认可了成田为若林做的不在场证明，反过来，若林的存在也就成了成田的不在场证明。

也就是说，如果他们想要为若林脱罪，他们就必须承认成田整晚都跟若林在一起，进而也就必须承认，成田不可能是杀害绘美的凶手。

很简单的双重逻辑。

之所以敢这么玩，是因为成田知道，法律惩罚的永远只是违反规则的人，而不是坏人，像他这种遵守着法律的规则、却是实打实杀了人的坏人，法律根本拿他没有办法。

从警察局出来的时候，天已经完全黑了下来，若林也参与了对成田的简单审讯，他知道成田的嫌疑已经被完全洗清，他们两个的不在场证明原本就是休戚与共的。

前后总共不过两天而已，他们就先后成了嫌犯，又先后重获清白。

若林看了成田一眼："我不想回我自己家了，去你家吧，现在咱俩都是孤家寡人了。"

路灯的光打在若林脸上，他看起来那么疲惫，那么苍老。成田竟忍不住对他有些疼惜。

"走吧。"成田揽过若林的肩膀，打车回家。

一路上，他们都没有再多说话，各自看着车窗外，想着不同的心事。

若林或许仍在悲伤中，而成田已经开始期待接下来的新生活。

他可以去一个新的城市，和小雪开始美好的生活。

他有钱，他依然年轻，他的人生还有大把大把的幸福可以挥霍。

光明未来，就在眼前。

夜行列车

若林呢，如果他愿意跟成田一起走，成田自然是愿意的。多年来，他的生活向来欢迎若林。

但如果若林想要继续留在沼津市，做个郁郁不得志的小警察，成田也没有意见。毕竟现在若林人生中唯一比他强的东西——美貌的老婆——也已经没有了。他以后的人生大概也不会再发生大的变化，从一个青年警察变成一个老年警察，然后退休，混迹在公园广场。

无非如此。

一切都很顺利呢。成田忍不住嘴角露出笑容。

走进成田家后，若林很累，他轻车熟路地说："我去洗个澡，然后去客房睡了，这个给你。"

他递给成田一部手机。

那是绘美的手机。

"我觉得你应该看看这里面的信息。"他说完便转身去洗澡。

成田打开锁屏，看到绘美与一个未标注姓名的手机号码的对话，若林已经将那段对话翻到最开始的地方。

第一条信息就是"宝贝儿，我今天也好想你……"

收件人，不是成田。

七

"我今天也好想你，我想跟你永远在一起……"

"你还记得昨天的这个时候，我们两个在公园里散步，多平常的事情，可我现在想起来还是觉得特别幸福……"

"我一定要尽快和你在一起，我们要永远幸福地生活在一起……"

……

一条条幼稚简陋的情书就这样出现在成田面前。

直到此时此刻成田才发现自己竟如此地不了解绘美。

他都不知道绘美在他冷落她的这一年里也有了别的爱人，而且还如此热火朝天地谋划着如何才能永远在一起。

原来这就是警方认为成田应该有的最大动机，他们认为成田是因为知道了绘美出轨，所以才对她痛下杀手。

难怪他们会那么不依不饶。

那他们为什么不去追查这个号码的主人呢？

下一条短信回答了他的疑问。

绘美的情夫近日离开了沼津，无法实施计划。

想来警察也已经查到案发时这个号码的主人并不在沼津，因此才会把重点怀疑对象放在他身上。

那现在若林把这作为重要证据的手机给他看，是作为朋友，不忍心看他到现在仍然被蒙在鼓里吧。

若林倒真的是个好朋友呢。

成田为自己曾那样利用他，而感到些微微的愧疚。

他摇摇头，继续兴致盎然地翻看着绘美的手机信息。

边看短信他又发现了另一件很重要的事情，绘美和她那不具名的情夫，并没有打算背着成田默默远走高飞，他们也像他一样，打算靠谋杀来得到自己想要的自由和金钱。

当然，在他们的这个计划里，被杀的人是成田。

他们会杀掉他，然后带着他的钱，远走高飞去过幸福生活。

成田忍不住笑了。

果然是多年夫妻，连这个阴毒方案都想到了一起。

可在怎么杀掉成田这件事上，他们产生了分歧。

绘美主张直接下毒，造成自杀的假象，之后还可以四处宣扬他因为工作压力巨大，所以才导致了自杀。

成田死后，她就可以顺理成章地拿到他所有的钱。

而她那个不具名的情夫则谨慎得多，他不想这么鲁莽地杀人，他想计划得更周全一些。可应该用什么计划，他却还没能思考清楚。

成田拿着绘美的手机打开冰箱，拿出那瓶他每天回家都会喝的牛奶，在餐桌旁坐下来，饶有趣味地继续阅读他们两人的小情书和他们如何杀掉他的计划。

在这一点上，他们两人还真是完全没有想象力。

不像成田能想出这么严谨的计划出来，他们想的都是直接砸死、去郊游然后把他推下悬崖，或者干脆在他晚上回家的路上，假装抢劫然后把他拐到街角直接捅死。

诸如此类粗糙的计划，数不胜数，简直可笑。

不过话说回来，其实很多时候，这些最简单粗暴的杀人计划，才可能最有效。

因为这些都属于偶发犯罪，偶发犯罪是完全没办法追查的，就像无选择杀人一样，茫茫人海，每个人都可能是凶手，根本无从查起。

所以其实他们两人的计划也不是一点胜算都没有的。

好在成田先下手为强，不然现在死的或许就是他了。

他一口气把牛奶喝了一半。

绘美手机里的短信也没剩几条了。

这当真是个奇妙的经历。

拿着自己老婆的手机，看着她跟别的男人互发情话，看着他们如此认真地讨论怎样才能把自己杀掉。

这世界上哪里还会有比这更荒谬的事情。

倒数第二条信息是昨晚："我决定今晚就动手。"

哈哈，动手了吗？是不是还没动手，就被我先干掉了啊，亲爱的绘美？

男人回短信问："怎么动手？"

成田边笑边把剩下的一半牛奶都喝掉了。

最后一条信息："我会把毒药放在他每天都喝的那瓶牛奶里，他每晚回家都会直接喝掉那瓶牛奶，喝完很快就会死掉。"

时间在这一刻仿佛凝固了。

过去好半天，成田也没反应过来这句话是什么意思，他盯着眼前这瓶已经被他喝空的牛奶。

她是把毒药放在了这瓶牛奶里？

这瓶已经被他喝光的牛奶里？

成田愣愣地看着手中的手机和这个空空如也的牛奶瓶，感觉毒药此刻正在他体内伺机爆发。

就在此刻，他的胃开始痉挛，喉头迅速发紧，连一声轻微的求救都喊不出来。

夜行列车

他一把把牛奶瓶子摔到地上，瓶子被摔得粉丝。

他从椅子上倒下来，整个人用尽全力地蜷缩在地板上，全身的血液迅猛奔腾起来，像是要把他煮沸一样，将他的所有生命力在这个瞬间全部燃烧殆尽。

他的视力在急速衰退，他眼前的一切都开始变得模糊、晦暗。

若林洗完澡，从浴室走出来，他头发湿湿的，下半身围着浴巾，走到成田跟前。

成田用力张张嘴，却已经无法再发出任何声音。

若林是在笑吗？

他怎么会在笑？

那是正义终得伸张的笑，还是阴谋终于得逞的笑？

成田已经完全看不清了。

在那个彻底的黑暗降临之前，成田用掉自己最后一丝力气，伸出一根手指滑过绘美手机的信息栏，拨通了她那不具名情人的手机号。

许久未听到的混音版《卡农》响了起来。

是你吗？

若林。

若林蹲下身体，把手机放到他眼前。

"是我啊。"他轻声说，"但我爱的人可并不是绘美呢。"

说完若林拿过成田手中的手机，笑着将所有短信一并删除。

"你都不知道伪造通话位置与外出信息有多麻烦呢。"

若林笑了。

八

沼津东郊的山顶上，小雪俯瞰着整座沼津，距离她第一次来到沼津，已经过去十多年，她依然美丽，依然动人，依然能够让所有男人都臣服于她。

可她觉得累了。

她想要就此离开。

最后这一票做完，她就远走他乡，避世而居，从此再也不用见到这些愚蠢的男人。

多年来，她仰赖他们、欺骗他们、玩弄他们、伤害他们。

她的生活就是离开一个男人，走向下一个男人。她曾经享受这样的生活，那让她觉得被需要、被宠爱、被敬仰、被珍惜。

可那所有的一切，到底都是虚假的。

"成田的钱都到手了，是吗？"她说。

"嗯，都在车上，我们随时可以离开这里了。"站在她身后的若林说。

小雪打开后备厢，看到所有钱都在那里。

"终于结束了。"小雪关好后备厢，走过来拥抱若林，"谢谢你。"她动情地说。

拥抱时，她将已经戴好手套的手轻轻伸进若林的外套，掏出他的配枪，举起来朝着若林的太阳穴扣动扳机。

一声巨响后，若林应声倒地。

呼。

她长长地舒了一口气。

她蹲下身来，小心地将若林身上、手机上所有关于她的信息全都一并抹去。

终于可以完全彻底地摆脱所有男人，带着所有的钱离开沼津了。

她坐回车中，深深呼吸，许久之后，她才慢慢平静下来。她用力发动车子，下山离开。

这是她第一次杀人，即便那把枪是若林身为警察的配枪，即便那上边如今只有若林的指纹。

她也依然是慌张的。

她从那么多男人身上榨取过钱，但夺取他人性命，终究还是第一次。兴奋和慌张交杂在一起，占据了她的全部身体。

她甚至感觉到心底深处涌出一种类似愧疚的感觉，这在她之前的人生里简直是不可想象的。

她几乎想要马上做点什么善事，好让她此刻的愧疚消失。

她想不到其他方法去抵消此刻心中这恼人的、突然而至的愧疚。

这时，她看到不远处的路边，有个男人正弯着腰，万分痛苦地招呼着来往车辆，看起来像是突发急病，可这山路中却并没有车辆救助他。

小雪停到他身边，语气异常温柔地询问他是否需要帮助，男人满头大汗地点点头。

她把他扶上车，往山脚下的医院开去。

两人一路沉默，夜晚的山里原本就是安静的，那男人上车后也始终没再说话。

车子继续前进着，小雪慢慢冷静下来后，开始有点后悔了。她不该为一时的莫名愧疚，就让这个陌生男人搭乘自己的车子。自己的逃亡之旅就这样被他耽误了一点时间，自己竟然也有被这该死的妇人之仁而误了好事的时刻。

不过算了，事情已然如此，她也不再多想。只要把他放到山脚下的那间小医院就好。

她转过头，正要说话，那把冰凉的刀已经放在她脖颈处。

"最近啊，有个特别可怕的杀人魔正在沼津四处徘徊呢。"

男人歪着一边嘴角，轻笑着说。

"小姐，你听说了吗？"

阿惠 I

一

位于山顶的沼津精神疗养院今夜有病人出逃。

院长与护士面对电视台闻讯而来的镜头，一脸焦急。

"这位病人的精神状态很不稳定，且具攻击性，市民如果遇到，千万不要轻举妄动，请尽快与我们取得联系。"院长严肃且郑重地说。

阿惠此时已经将校医务室收拾干净，戴好口罩，把礼物包装纸和盒子都收进垃圾袋。

她回身环顾四周，地板已经被她擦拭干净，玻璃光洁透亮，刚浇过水的植物也焕发新生一般的精神抖擞。

这间医务室很小，只有内外两张病床，中间以围帘隔开，床单与围帘都白净如雪。

望着眼前这一切，她满意地笑了。

沼津高中就位于山脚下，在这里的医务室工作，最重要的并非医术高明，而是干净整洁。

学生们是难得有疑难杂症的，即便有，也会被立刻送往大医院。

而校长对全校的卫生条件高到偏执的要求却是实实在在的，除去卫生环境，还要求上班时间必须戴好口罩，将大半张脸严严实实地遮住。

如若不然，便会面临被开除的可能。

阿惠长长地舒了一口气，再过两个小时，晚自习结束，校园里便会空无一人，那就可以下班了。

她转头看向窗外，夏天早已经到了，香樟树愈加茂盛起来，远远看去，茸茸一团，格外温柔。

她站起身，准备走出门去呼吸新鲜空气。

刚一打开门，一个人影就向她猛地撞过来。

二

她并没有被撞倒，却被结结实实地吓得倒退一步。

她低头细细看去，才看清那是个学生样子的年轻男孩，他正气若游丝地倒在医务室门前的台阶上。

"醒醒！"她蹲下来摇晃男孩的肩膀。

男孩脸色苍白，眼睛无力地眯着，似乎用尽力气才说出两个字："头……痛……"

原来是病人。

她把男孩扶进医务室外侧的床上躺下，倒了一杯热水，端给他。

男孩躺下后，呼吸均匀下来。

"你叫什么名字。"阿惠要做记录。

"千里。"

"哪个班的。"

"高三七班。"

"现在不是应该在上晚自习吗？"阿惠看了一眼灯火通明的教学楼。

"不太舒服，逃出来了。"

"哪里不舒服？"

"头痛。"

"还有吗？"

沉默。

"还有别的地方不舒服吗？"

依然是沉默。

沉默灌满这间小小的医务室，空气里突然多出了一丝诡异。

三

千里沉默地看着阿惠的侧脸，那双露在口罩外面的眼睛，看起来无情极了，她看着他，就像看着任何一个不相干的陌生人。

她果然不认识他了。

不，应该说她从来就没有认识过他。

Night Train

于她而言，他不过是连过客都算不上的往日尘埃，是转身的工夫就会消失不见的东西。

也不知是不是因为距离忽然拉近，他看着她，竟也觉得格外生疏，仿佛自己多年来的爱恋不过是一场漫长的误会。

她不认得他，她也不曾是他曾经熟悉的样子。

他们从头到尾就是没有关系的两个人。

他其实早就知道这个的，可如今真正面对，依然觉得难过极了。

四

见千里沉默不语，阿惠转回身来，看到千里已经坐起身，头却沉沉垂了下去。

"你怎么了？"

"老师，人活着为什么会这么累？"

清瘦少年突然抛出格外沉重的问题。

"老师也不知道，我自己也没有活明白。"阿惠一愣，随后实话实说。

阿惠见自己被当作心理辅导老师，便顺势搬了把椅子坐到他对面。

这个学校太小，怕是连专门的心理辅导老师都没有。

"世界上生活的方式有很多种，捡垃圾也好，开杂货铺也好，每个人都有最适合自己的生活方式。"阿惠说。

千里听到这段话，深有体会地点头。

"那为什么爸妈还要逼我念书，逼我跟别人一样地活着。"千里讲话的语气如同每一个任性不懂事的少年，阿惠轻轻地皱起了眉头。

"因为上学念书是世界上最容易的事情。当你离开学校后，你会发现，每个人所能做的最大努力，不过就是好好活下来而已，哪里还有其他奢侈的念头。"她佩服自己的耐心。

千里默不作声。

"这就是老师您回到学校里工作的原因吗？"

"什么？"

"您回到学校里来工作，就是因为不想到外面的世界去吃苦吧。"

阿惠一时语塞，因为他说得并不算错。

"那您做了很棒的选择。"

千里说完，转过身躺下去。

见他安静下来，阿惠以为自己做通了思想工作，旋即松了口气。

阿慧提起保温瓶准备到开水房再灌一瓶热水。

"那你好好休息，身体好了就赶紧回班里，晚自习也快结束了。"

她关好门，把千里留在身后。

去开水房的时候经过了校门口，门卫大叔在往地上洒水。

开水房正在进行最后一轮清扫，这里每天都要彻底清扫两遍，这自然也是校长的要求。

她进去时，两位保洁阿姨正在聊天，看到穿白大褂的她走进来，声音立刻小了许多。

"我儿子今年高考，要是顺利考上了好的大学，我就可以离开这里了。"一个保洁阿姨说。

"你儿子成绩那么好，绝对没问题的。"另一个保洁阿姨说。

阿惠打开水龙头，在水声中，两个阿姨的声音变得更加模糊。

"还有三天就高考了，学生都放假回家调整状态去了，你怎么不在家陪儿子。"

"他懂事，我不想给他太大压力，反正我也就干最后一个月了，不能让人挑出毛病来不是……"

两个保洁阿姨笑谈着。

阿惠小心地凑过去，轻声打断她们。

"您说高三的学生都放假了？"

"是啊。"两位阿姨一副"你连这个也不知道"的表情，惊诧地看着这个状况外的校医。

"所以只有高一高二的学生在上晚自习？"

"对啊。"

保洁阿姨满脸疑惑地看着她。

如果高三的学生都已经放了考前假，那此刻躺在医务室外侧病床上，自称是正在上晚自习的高三生的千里又是谁？

五

外面的追捕还没赶到，千里躺在医务室的外侧病床上，努力让自己的背影看起来平静安稳。

不能让任何人看出自己的慌张忙乱，尤其是医生，那就全完了。

他本没想装作学生，可经过医务室时，突然打开的门一下令他脚下不稳，摔倒在地，被口袋里的东西刺到皮肤，遂吃痛地呻吟。

医生关切地问他怎么了。

他低头看着自己身上特意换好的衣服，才反应过来此刻的自己在她眼中大概只是一个寻常的学生。

装病的话便能理所当然地躲进医务室。

要演学生，便得做足全套，心理压力、父母不解、身体不适、生活困顿，他演得起劲，她也接得默契。

但其实他口中所言，并非都是假话，被父母逼迫是真的，生活不幸福也是真的。

聊了一会儿，她出门灌热水，他躺下继续休息。

两个小时，足够他躲过追捕了。

他已经听到她归来的声音，能这么躺着直到放学，直到躲过人群就好。

他不奢求更多了。

六

阿惠回到医务室，放下保温瓶，看着床上侧身面向里躺着的男孩，停顿了一下，还是走了过去。

"休息这么半天，应该好多了吧？"她问。

男孩听到，翻过身来看着她，她倒退一步，留出安全距离。

男孩一脸迷茫，似乎没听懂她的意思。

"头应该不痛了吧。"她试探地伸手摸他的额头，他也乖巧地一动不动，"没发烧的话，休息了这么一会儿了，应该可以回班里继续自习了，快走吧。"

如果不揭穿他的假冒身份，或许就能安全无事地让他离开。

"回班里肯定又会痛起来的。"他坐起身来。

"那早点回家也好啊。"

"可即便回家也还是要回教室拿书包，不想看到他们，教室里连空气都是闷的。"

不要把假话说得这么坦然好吗？她忍住不把心里的吐槽说出口。

"但总在我这里的话……"

"等等。"他像是突然反应过来似的，"你这是在赶我走吗？"

被识破了。

阿惠向后倒退两步，让他无法触及自己，伸手摸到办公桌上装有葡萄糖的玻璃瓶，握在手里。

门外响起有人路过的脚步声，她站着没动。

还不能求救。

可脚步声却倏然停在医务室门口。

然后敲门声响起。

千里紧走两步，用力将她的身体掰到面向门，他紧紧跟在她的身后。

她感觉到有个尖锐的东西正顶着她的后背。

是刀？

她不敢再有动作，他则在她身后，跟随她去开门。

她把门打开一条缝，千里躲在她后面，外面站着学校的门卫大叔，大叔身后跟着两个表情格外严肃的男人。

"您这边没见到什么可疑人物吧？"门卫大叔问。

顶在背上的尖锐物体更加用力，且轻微地颤动着，好像只要说出真话便会用力刺进来。

"没有。"阿惠说。

"你们可以去校园里面找找看，毕竟我们学校管理挺宽松的，打扮得像学生一样干净整洁的话，想混进来并不是那么难的事情。"门卫大叔跟身后的两个男人说。

"如果看到可疑人物，请一定跟我们联系，以免遇到危险。"其中一个男人递给阿惠一张疑似通缉令的东西，阿惠伸手接下，紧紧攥在手中。

两个男人向着学校里面走去。

"天气真的很热啊，能偷懒还是尽量偷懒的好哦。"门卫大叔指了指她被要求上班时间必须戴好的口罩。

她无奈地笑了，微微点头，然后关上了门。

顶在身后的尖锐物瞬间松懈了下去。

七

"对不起，我没想吓到你。"千里说。

那你刚刚做的又是什么？

阿惠不知该如何是好，已经快到放学的时候，门外来往走过的人渐渐多起来，她思考着若是此刻求救，得救的几率能有多大，需要付出的代价又有多大。

可想来想去，求救计划却始终无法实施。

她不能冒险，她已经没有任何一丝冒险的资本了。

"我不是坏人，真的不是。"千里低下头来，阿惠看着竟有些疼惜。

"不是坏人，就赶快走吧，不要再留在这里。"阿惠说。

"可我不能走，一出门就会被他们抓住，就会被他们带回去，被带回去……就什么都完了……"

千里态度温软，阿惠紧绷的心弦松了下来。

"那你能不能乖一点坐在那里，我们萍水相逢，不需要伤害彼此，放学以后，学校空了，你就走吧。"阿惠语气温和。

千里终于安静下来，深受打击的样子。

"我不是故意要骗你的。"千里低声说。

"故意也好，不故意也好，我都不感兴趣。"

"不是那样的……"

"但你说谎了，这是事实。"

"因为他们都是坏人，他们容不下我好好活着。"

八

千里一直认为大人应该都是更了不起的人类，勇敢、坚强、负责。

可事实并非如此。

胆怯、懦弱、没有担当的大人遍地都是。

对大人抱有期待，是最愚蠢的事情。

不知道第几次被父母锁在房间里后，千里明白了这个道理。

父母也有自己的人生，父母也不是必须为你的人生负责。如果摆脱掉你，能得到更轻松自在的人生，那就不要盲目自信地以为父母不会考虑做出这样的选择。

他努力思考自己到底做错了什么。

不合群算错吗？

不讲话算错吗？

回家就闷在房间里画画算错吗？

把脑中的画面尽数洒到画布上算错吗？

你们看了我的画，觉得血腥，觉得害怕，觉得不该是正常人应该画出的东西，这也能算作是我的错吗？

他画屠杀，画强暴，画鬼魂，画撒旦，每个人看到他的画总是突然就变了脸色，像看到真正的魔鬼。

你们只是看到画，就吓成这样，那你们想过，这些画面出现在我大脑中时，我的心情吗？

我也一样害怕，我也一样恐慌，我也和你们一样不知该如何是好。

除了把它们挪到画布上，我根本别无他法。

可这样的我，让你们害怕了，是吗？

"你跟别人都不一样，所以你就是错的。"妈妈这么跟他说。

他自知无法沟通，遂逃走。

被抓回，又逃走，再被抓回。

苦口婆心，痛哭流涕，但要以改变自己本性为代价，他无论如何都做不出来。

直到最后一次，父母将他关在房间里，然后在客厅里沉重对谈。

"只靠我们两个人已经无法再拯救他了。"

他听到妈妈的哭声，用力推开一条门缝，看到妈妈默然应允地点头。

"那我就给精神疗养院……打电话了。"爸爸拿出手机，翻到需要的号码。

妈妈流出更多眼泪，哭声无法掩饰，便掩面离开客厅。

"嗯，明天下午就能来把他接走，是吗？那一切就都麻烦你们了。"爸爸的电话打得格外顺利，像早有预谋。

千里关好门，回到自己的床上坐下来，依然不知该如何接受刚刚发生的事情。

他们终于决定要彻底抛弃他了。

他觉得自己的心脏在迅速收紧，收成一块坚硬的石头，再狠狠坠向无尽虚空的黑暗里。

九

"听起来确实有点可怕。"阿惠安静地听千里讲完,"他们居然要把你送到精神病院里去。"

千里再次沉默下来。

"总之,马上就要放学了,快点混入人流中逃走吧。"阿惠说。

千里依然沉默,阿惠看不透他到底想做什么,他看了一眼墙上的时钟,再过十分钟,就是放学时间。

"好,那我先出去了。"千里起身走出门。

看到门在他身后关上,阿惠终于松了一口气。

现在可以继续自己未完成的事情了。

她在椅子上又坐了一会儿,正要起身继续做事,被门外的一声炮响吸引了注意力,紧跟而来,是天空烟花炸裂的光亮。

她打开门,看到千里在医务室门前的空地上蹲着,正一个一个点燃地上的烟花。

晚自习的下课铃声响起,学生们三三两两地向外走来,烟花渐次升空。

阿惠有点蒙,搞不清楚此刻是什么状况。

烟花引来学生,也引来门卫大叔,他认真地看着被烟花围在中间的千里,像是想起了什么,又似乎不够确定。

所有烟花都被点燃,千里慢慢走到医务室门口惊呆的阿惠面前。

"生日快乐。"他看着她的脸说,"虽然你并不认识我。"

他向她伸出了手,手中那个小小的礼物还闪着光。

阿惠愣住，完全不知道该如何是好。

他是谁？

这又是什么？

门卫大叔一拍脑门："原来是你！快把他抓住！"他指着千里大声招呼保安。

"你是个这么好的人，你一定会遇到一个更好的人，我这么相信着，请你也这样相信下去。"千里被保安擒住，几乎动弹不得。

所有这些混乱和嘈杂，他都不在乎，他只把自己要说的话全部说完。

现在说完了，他的爱和祝福也全都送到了。

他被抓走，被送回去，也没关系了。

<h1 style="text-align:center">十</h1>

那一晚。

爸爸打电话通知精神疗养院来将千里接走的那一晚，他逃了。

完全、彻底地逃了。

若以前的逃跑还带着几分"或许被找回来后便能得到理解"的期待，那这次则是怀抱着从他们的人生里彻底消失的决绝，奔向前方黑暗。

彻底离家出走后，他才发觉独自一人面对世界，是件多么可怕的事情。

没有饭吃，没有地方睡觉，衣服脏了也没有得换洗。

不出半个月，他已变成这个城市里乞丐大军中的一员。

有时他也会想，回到家里，装个乖巧的样子，等自己足够强大了，再去做自己，不是也一样吗？

小小年纪，讲什么尊严、本性与理想呢？

但路已经选择，无法倒退。

他流浪到位于山脚下的沼津高中时是在冬天，学校附近的人大多良善，但他浑身肮脏，依然免不了被驱逐。

遇到校医那天，他饿到眼冒金星，几乎晕倒，却被怀疑是小偷，别人看他衣衫褴褛，任凭他如何解释都无济于事。

丢失钱包的妇女一口咬定东西是他偷的。

他看向四周，目击者有许多，但没有一个人愿意站出来为他做证，他们俯视着蹲在地上的他，像看着一个真正的罪犯。

他想告诉他们，即便在他最困顿的时候，他也没有想过去偷窃、抢劫。

他想告诉他们，他虽然不是多么了不起的人，但也没下作到那种地步。

可谁会听呢。

他们只看到他的卑微与窘迫，便推定了他的不堪。

顺理成章，无懈可击。

"他与你都没有身体接触，怎么可能偷你的东西，你们都看见了，为什么一句话都不说。"她突然站出来。

她据理力争地维护他，这时人群突然开始议论，说她或许是同伙，说他本事倒是真大。

但她毫不退缩，气势惊人。

他低头站在她身后几乎流下眼泪。

人群最终散去，妇女悻悻离去。

"这个给你吧。"她把手中的三明治和热牛奶都递到他手里，附赠一个笑容。

那是他出逃至今，不，是他人生十几年，所遇到的唯一的暖。

他不再离开，但也没再去打扰她。

这副德行的他自然没资格与她有任何交集，他躲在远处，看着她每天在医务室里忙碌，打扫卫生，帮学生处理突发状况。

他像守望着一个神、一个希望、一束光明那样，守望着她。

有人循规蹈矩，读书工作，结婚老去。

有人坚持理想，撞上南墙也死不回头。

人类的一生太过短暂，能用一生守住一样自己珍惜的东西，便是最大幸事。

而他的幸事，便是她。

他过去只会画黑暗和血腥，原来是因为他从未见识过世间的暖。

现在他见过了。

他不知该如何跟人解释这种心情，他从不知道自己这一生要做什么，曾经有医生建议他去专攻暗黑艺术，可他志不在此。

他之所以画画，不过是觉得若是任由那些画面充斥脑中，自己早晚会被憋坏的。

父母、亲人、朋友，全都将他视作异类，他们想的只是如何将他改造成他们想要的样子，改造不成便抛弃。

不给他时间与机会去寻找自己这一生的意义。

而现在他找到了。

他要望着他人生里这仅曾有过的一点点温暖，终了此生。

就像望着一个奇迹，一个只属于他的奇迹。

这便是他的十四岁到十七岁。

她的难过，她的伤痛，她的快乐，她的幸福，全都远远地无声地映射到躲在街角的他的眼中。

直到她与男朋友分手，继而萎靡不振，他想要为她做些什么的时候，他才发觉，他们其实只说过那么一句话。

"这个给你吧。"

他便再没有听过她的声音。

他眼看着她一日日沉堕下去，没了笑容，没了轻快，露在口罩外面的眼睛再无神采，他想告诉她，她值得更好的人，他想鼓励她，给她加油。

可他什么都没有，又时间紧迫。

那便只能去偷了。

他流浪多年，从没做过亏心的偷盗之事，一点点卑微到泥土里的自尊，让他无法放手去做坏事。

但现在，他不想再顾忌那么多。

做完后再去自首也可以吧。

她的生日快到了，往年都是男友陪她度过，在夜晚为她放烟花，在五彩闪烁中送她礼物。

让所有人见证她的幸福，他们的幸福。

今年便由他来为她过吧。

他去偷钱，偷烟花，偷胸针——那个她喜欢却舍不得买下的造型特别、尖锐到能刺伤人的胸针。

他觉得自己像个称职的跟踪狂一样，默默无闻地做着这一切。

不，不应该那么贬低自己，更像《一个陌生女人的来信》，沉默地爱着对方，对方却一无所知。

哈哈，讲得那么伟大，真会给自己脸上贴金啊。

可你的戏份只有这短暂的一次温暖而已，就当作对她曾经温暖过你的还礼，你在她的人生里从来就不是主角。

他冲自己神经质地笑笑。

胸针是在她生日那天去偷的，得手后被发现，他只能狼狈逃窜。

闯进她工作的医务室假扮学生也是临到门口才想起的办法，追兵就在身后，他无路可走。

只要等到晚上放学，为她过完生日，到时要抓要捕，都随便你们。

他几乎是心怀壮烈地这么想着。

十一

千里被抓走了，身影慢慢消失在远处。

阿惠站在医务室门口，围观学生的目光让她觉得窘迫，她转身回到医务室，坐下来用力呼吸，半天才缓过来。

　　这个夜晚发生的所有事情，都是她始料未及的。

　　但好在，终于结束，一切平静。

　　校园里的人们渐渐散去，很快便会空无一人。

　　她深深庆幸。

　　她的嘴角终于露出一丝诡秘的微笑。

　　她知道自己的机会终于来了。

十二

　　被抓着胳膊的千里快要被押上车时，突然摸到外套口袋里尖锐刺手的胸针。

　　他这才想起，自己辛苦偷来的胸针还没来得及给她。

　　可现在被保安和警察押着，怕是给不成了。

　　即便胸针拿出来的那一刻就会被当作赃物立即收回，他也还是想让她知道自己曾经为她做过这么多努力。

　　想让她知道，曾有个人愿意为她做到这种程度。

　　想让她知道，她值得拥有所有美好的事物。

　　他不想让自己这段担惊受怕、抛弃自尊的日子白白浪费。

　　他就要为了拿到她最想要的胸针而去接受惩罚了，她却一无所知。想想真是让人火大。

　　以后的漫长人生里或许再也没有她了。

Night Train

他好想最后与她好好告别。

他突然爆发出一阵强大的的力量，挣脱开门卫和警察的压制，转身向校园里跑去。

保安和警察一时没反应过来，面面相觑，然后拔腿追赶。

十三

校园里已空无一人。

医务室的门再次被猛地推开。

他从口袋里拿出胸针，那是之前被她误以为是凶器，顶在她背后让她不敢动弹的尖锐物体。

"这个送给你。"千里推开门的同时，把这句话说出口，身后不远处是追上来的保安和警察，他时间不多。

一眼看过去，医务室像是没人的样子，但两张床中间的围帘背后却似有动静。

他走上前去，拉开围帘，却看到一个陌生女人。

她身着一身白衣，脖子上是刚刚摘下的口罩，明明是校医，却并不是当年那个为他解围的她。

原来今晚那种自始至终的陌生感并非错觉。

今晚在医务室出现的女人并不是真正的她。

真正的她从头至尾都一直躺在由围帘隔开的内侧的那张病床上。

她头上是凝固的血，已经陷入昏迷之中。

而今晚戴着口罩假扮作是她的那个陌生女人，此时正试图将她搬起。

他却拿着胸针，在这个空当冲了进来。

当然，紧随而至的还有保安和警察。

医务室办公桌上放着的那张像通缉令一样的纸，是门卫大叔带着两个男人过来询问时递进来的。

当时被戴着口罩的女人顺手扔在了桌子上。

那上面的照片正是这个女人。

是这个刚刚扮作校医的陌生女人的照片。

千里看着她摘下口罩的脸，一时间觉得自己今晚所做的一切都显得那么荒唐可笑。

原来他爱着的人从头至尾都躺在一帘之隔的内侧病床上，因戴着口罩而被他误认作是她的那女人，不过是一个不相干的陌生女人罢了。

在那张像通缉令的照片下还写有一行字。

"危险精神病人出逃，若能提供线索，必有重谢。"

阿惠 II

一

那天阿惠本来不打算回家的。

辅导老师把最后一节课用来普及一年比一年更严苛缜密的《未成年人保护法》，那个满脸痘痘的女老师声嘶力竭地列举着种种凄惨状况，告诉他们若是真的遇到那些状况，该如何保护自己。如果无法自救，一定要找警察，这些年来，沼津最被看重的就是未成年人被侵害的案件。

阿惠听得烦躁，转头望着窗外发呆，直到放学铃声响起。

她从初中开始念寄宿学校，本可以两周回一次家，但她却常常一两个月都不回家，于她而言，家并不是心心念念值得回去的地方。但即便再怎么极力节省，生活费也总会用完，别无他法，只能回家，每到这时，她都痛恨着离长大成人还那么远的自己。

马上面临升学，又是一笔不小的开销，她不知该如何跟他们开口，总觉得他们早已对她失去耐心。

她一般会在周五晚上回家，拿到生活费，第二天一早便赶回学校。一刻都不在家里多待，家人们自然也乐得清静。

他们视她为无法摆脱的沉重累赘，她把他们当作活下去的生存方式。

如果说有什么在维系着这种彼此厌弃的关系，便只能叫作亲情。

她不想承认，却又无法否认。

长大就好了，长大就可以离开这里，去任何自己想去的地方。

每个周五傍晚，推开家门前，她都这样安慰着自己。

那天她推开门，客厅却空荡荡的没有人。

她正想走进去，母亲卧室的房门被突然撞开，母亲的双手正搬着一个人的脚，那个人的身体被塑料布严严实实地包裹起来。

看母亲搬运的姿势，卧室里应该有人正搬着这个人的上半身。

毁尸灭迹？

阿惠站在门口被这个场面吓到动弹不得。

母亲回过头来，看到她在，勾起嘴角冲她笑了一下。

二

本来以为人生已经足够倒霉，期待着触底反弹，没想到还远远没有触到真正的底。

父母结婚一年后生下了双胞胎女儿阿惠和阿美，一双女儿甜美可爱，夫妻二人也相敬如宾，这样幸福安康的家庭生活一直持续到她们五岁。

那天母亲抱着阿美坐在路边和邻居阿姨聊天，阿惠则一个人步履蹒跚地在旁边晃来晃去，母亲不知道聊到什么，兴高采烈得忘记了身边早已经学会走路的阿惠。

那辆车冲过来时，司机大概根本就没看到小小的阿惠。

是邻居阿姨先发现的，可为时已晚，她们只能大声地尖叫。

下班回家的父亲这时正走到路的对面，看到马上就要被撞飞的阿惠，一把扔下公文包冲了过来，用力将她推出马路。他到底是用了多快的速度奔跑才能比汽车更快地来到她面前呢？阿惠长大后常常想这个问题。

她多希望他从未救过她，就让她死在那一场飞来横祸里多好。

但那一天阿惠被冲过来的父亲推到路边，他自己则被汽车撞飞出去，当场死亡，肇事司机没做任何停留，立刻逃逸。

父亲去世后，母亲消沉过很长一段时间，不再工作，不再洗衣服，不再做饭。阿惠和阿美是靠着邻居们的照顾才活过了那段时间，直到有一天阿惠饥肠辘辘地放学回家，去厨房自己找东西吃，不小心打碎一个碗，母亲就在那个瞬间彻底爆发了。

母亲提起阿惠的衣领，把她按到墙上，伸手拿起离自己最近的东西就开始打她。

"都怪你！要不是你！我们家怎么会沦落到这种地步！"

阿惠惊恐地看着突然变脸的母亲，觉得像在看着一个陌生人。

"都怪你"成了以后很多年里母亲虐待阿惠时的固定台词，母亲把父亲去世的责任全部推到了阿惠头上。

阿惠那时候根本不理解，明明就不是自己的错，或者说，明明不全是自己的错，为什么最后被责骂的只有自己。但在母亲对她旷日持久的冷热暴力里，阿惠慢慢懂得，并非母亲是非不分，也并非是她不懂事理。母亲只是想要找一个为父亲的去世负责的罪人。

该死的肇事司机已经不可能找到了，那这害丈夫去世的罪人，若不是阿惠，便只能是疏忽了照顾阿惠的自己。

造成丈夫的死亡，这样巨大的愧疚，懦弱的母亲根本没有胆量背负起来，那便只能把责任通通推到懵懂无知的阿惠头上。

这不公平，这当然不公平，可母亲终究只是个为了逃避责任而恼羞成怒、面目可憎的软弱大人罢了。

在公平与否的问题上，阿惠从来没有、也不可能有平等对话的权利。

恃强凌弱从来都是懦弱生物们无师自通的残酷本能，没道理可讲，没余地可留。

那之后的几年，她们的生活始终无以为继，母亲早已经没有心力去维持母女三人的生活，只能选择再婚。

继父年轻时是小混混，年岁渐长后成了大混混，人生从来就只有"绝非善类"四个字可以形容。

在母亲与继父结婚后，所有这些暴力与虐待变得越加明显、频繁。

阿美有的东西，她从来没有。

阿美不要的东西，依然轮不到她头上。

阿美被他们寄予厚望，学校、辅导班、衣服、食物……给阿美的一切都是最好的，他们期待着阿美长成让他们骄傲的女儿。

阿美也确实争气，学习成绩优良，乖巧懂事，完全不似混在贫民窟里浑身沉堕气息的父母。而阿惠疲于应付他们，能够花在读书上的时间本就少，又被他们送进混乱不堪的三流学校，自然就成了让他们越发看不顺眼的没出息的女儿。

她们两个住在同一个家里，却活在不同的世界，毫无交集。

小学毕业，阿美被送进贵族学校，阿惠则上了偏远的破旧公立中学。

阿美住在家里，阿惠住在学校，她们见面的机会越来越少。

阿惠只知道阿美奇迹般地长成了一个真正的乖女孩、好女孩。

而她在这个家里越来越被无视，周五回到家就睡在狭小的储物间里，她在这个家里如同一个摆设、一件家具，谁会去关心床头柜的心情呢。

若不是迫于近些年来日渐严厉的《未成年人保护法》，他们或许早已将她遗弃。

所以她懂得识趣，懂得低调做人，只求平安长大。

可"低调做人"里绝对不包括"目击母亲和继父毁尸灭迹"这种事情。

三

那天被正在搬运尸体的母亲看到，阿惠双腿颤抖，无法动弹。

母亲想要过来与她讲话，却又无法放下自己手中的尸体，喊着阿惠的名字，不小心松开了手，那双脚无力地摔在地板上。

绝对是尸体无疑了。

阿惠用力转过身，向外奔跑，身后是母亲惊慌的喊叫声。

没有方向，胡乱逃窜，直到看不见家在哪里，才气喘吁吁地停下脚步。

他们杀死了谁，他们又会怎么处理现在是目击者的她。

她越想越怕，觉得世界灰暗到底，再无希望。

不知道跑出去多远，她躲到郊外一座少有人经过的大桥桥洞里，夜风中她忘了自己是什么时候睡着的。

她做了一个好长好长的梦，梦里她梦到自己长大成人，奔向远方，彻底离开了曾经的生活，再不回头。

是开心得几乎笑出声的美梦。

一笑就清醒了过来，她揉揉眼睛，看到自己正躺在一把木质长椅上，身边坐着一个年轻警察，似乎才刚刚做警察不久的样子。

"醒了啊，已经通知过你爸妈，他们马上就会来接你。"警察笑容可掬，"你可以叫我小野哦。"

不要啊。

她没来得及把这三个字喊出声音。

"阿惠！"搭配着哭腔的喊声冲门而入，母亲蹲下来将她抱在怀里，继父冷着脸跟在后面。

小野对一家团圆的戏码很是满意，笑着让他们签好了字，送他们出门。

夜行列车

230

"以后不要再离家出走了哦。"小野微笑着拍拍阿惠的头，"不然很危险的，要珍惜家人。"

"以后一定不会了。"继父边给小野鞠躬边说。

走出警局大门，外面阳光灿烂。

"回家吧。"继父语气冰冷僵硬。

本应温暖异常的三个字，此刻听起来却像是地狱的召唤。

四

回到家已是下午，家里被收拾干净，尸体自然也早已经不见。

阿惠坐在沙发上，母亲和继父坐在对面。

"你知道妈妈从不对你隐瞒什么，但这次事情太过重大，让你了解了，反而会让你处境危险，也希望你能为这个家多多考虑。"母亲苦口婆心，"毕竟我们是一家人，不是吗？"

阿惠沉默点头。

继父坐在母亲旁边，闷头抽烟，不时抬头看她，似乎对她的乖巧并不放心。

"我不会告诉任何人的。"阿惠强调。

"妈妈知道你是懂事的孩子。"母亲笑着摸她的头。

阿惠不想知道被处理掉的尸体姓甚名谁，那不是她可以管的事情，她只求母亲和继父不把她也一并杀掉灭口。

她从来都只想平安长大罢了。

在见到尸体最初的惊慌过后，此时她终于慢慢反应过来，他们两个虽然算不得是好人，但终究不是大奸大恶。

或许他们是遇到必须杀掉对方才能解决的难题，又或许是他们无意中误杀了对方，再或许那个被杀掉的家伙本来就是个大坏蛋。

阿惠试图说服自己。

阿美这时从房间里走出来，不耐烦地看着客厅里神色凝重的三个人，哼了一声，转身向门口走去。

"我出去散散心。"阿美衣着宽松，落拓出门。

"总之，让我们一家人好好生活下去吧。"母亲握着阿惠的手说。

阿惠点点头。

母亲帮她把东西从储物间里搬出来，让她与阿美同住一屋。

那一晚，阿美没有回家。

五

第二天一早，阿惠收拾东西准备回学校，母亲拿了一些新衣服给她，说以前亏待了她，以后会好好待她。

她正将这些衣服整理进背包时，就听到外面的嘈杂声。

开门看到继父正在门口费力地把阿美扛进家门，阿美浑身酒气，嘴里还胡乱嘟囔着什么。

母亲看到阿惠出来，竟然露出不好意思的表情。

存在感第一次如此之强，让阿惠觉得受宠若惊，忙问发生了什么事。

"她失恋，跑出去喝酒了。"母亲痛心地说。

阿美竟谈了恋爱吗？

她不是品学兼优的乖学生吗，现在乖学生也流行谈恋爱了吗？

阿惠忍住许多疑问，但又忍不住叹气，觉得阿美的人生已经比她丰富太多，连恋爱都可以自由地谈起来。

阿惠帮忙安顿好阿美，又陪母亲将阿美的呕吐物清扫干净，两个人擦着额头的汗，居然也有了母女情深的架势。

"阿美喜欢上了一个坏小孩。"母亲说，"我自然是不同意的，那男孩的爸妈也不同意，我每天放学去接她回家，不给那男孩接近她的机会，本来以为这样时间长了，他们自然也就断了，没想到他们这么坚决。"

自己不在家的时候，家里竟发生了这么多事情。

更重要的是，母亲居然愿意与她讲这些，是为了让她切实感受自己真的是这个家庭的一员，于是与她掏心掏肺吗？

她胸中涌动着激动和兴奋，是这样吗？自己终于成了他们真正的家人吗？

她从没有被这样对待过，她终于不再是一件被人漠视的家具，而是一个被慎重对待的人。

母亲继续讲述。

后来阿美决定和那个男孩私奔，私奔的路上，遇到流氓，男孩为保护阿美，被捅死了。

流氓看出了人命，慌张逃窜。

男孩死在阿美怀里，于是阿美彻底崩溃了。

从来都只知道好好读书的乖乖女阿美，谈起恋爱来竟比他人更加激烈投入、无法自已。

昨天母亲与继父忙着安抚阿惠，没注意到她，她便一个人跑出去与乱七八糟的人喝酒，醉成现在这副样子。

"我不知道该怎么办，她还能好起来吗？"母亲哭了。

六

从未有过的，两周后的周末，阿惠准时回了家。

经过两周前那个不同寻常的周日，她越发明白自己拥有着的是什么，将要拥有的又是什么。

两周前的周日，吃过饭后，母亲送她上学，告诉她不要委屈自己，要照顾好自己，钱不够就跟家里讲。

"我们是一家人啊。"母亲笑着说。

阿惠站在校门口看着母亲离去的背影，流下眼泪。

原来被人照顾、被人在乎是这样的感觉，她真想大逆不道地感谢那个死在她家里的倒霉鬼。

母亲和继父不敢再对她肆无忌惮地漠视与苛待，因为她成了他们无法忽视的犯罪证据，当然，她是未成年人，证词无法具有完全的法律效力，但若她招来警察，那必然不是容易应对的事情。

她忍不住在心中愉快地想。

这个家的破绽实在太多了。

她原以为母亲和继父能杀一个，也就不在乎再多杀她一个。

可后来发现他们居然不再铤而走险，他们不仅没有杀她灭口，反而讨好一般地对她格外好，给她温暖柔情。

他们知道阿惠最想要的就是一个温暖的家庭，于是他们给她。

作为回报，她不去报案，不去指证他们。

等价交换，银货两讫。

双方头一次达成如此的默契。

至于那个被杀掉的倒霉鬼，那跟阿惠又有什么关系呢？

当一个人连好好活着都顾不上的时候，哪里还有余力去在乎"正义"这么奢侈的东西。

无数个失眠的深夜，她对着天花板感激又忏悔地跟上帝如是说。处境艰难时，人总是很容易原谅自己的。

准时回家的周五，她站在家门口深吸一口气，轻轻推开门。

"累了吧，先休息一下。"母亲迎上来接过她的背包。

她走到与阿美共用的房间，却发现里面并没有阿美的东西。

"阿美呢？"她转过身问母亲。

母亲低下头，似乎不知该怎么告诉她。

"她在这边。"母亲引她过去。

那是她曾经的住所，那间储物室。

阿美缩在储物室的角落里，痴傻无神地盯着空气里某个不存在的点。

"她……怎么了？"她小声问。

"不这样，她会做出伤害自己的事情来。"母亲说，继父坐在客厅闷头抽烟。

"她到底怎么了？"

"刚开始只是伤心，不出房门，坐在床上哭，后来就开始笑，吓人得很，让人不知道她是什么意思，然后有一天我做好饭菜端进去给她，发现她正在试着割破自己的手腕，这才不得不把她绑起来，你们俩的那个房间太大，有太多能被她使用的东西，只能把她放到这个小储物室里来。"

阿惠看着阿美，她黑眼圈深重，许多天没好好睡觉的样子，双目无神，衣服破损，四肢像是已经失去支撑一般，松垮垮地下垂着。

她禁不住感同身受，想要伸手拉她一把。

手刚碰到阿美的手，就见她猛地缩回自己的手，像是看到了多可怕的东西，阿惠不敢再妄作试探。

"看医生了吗？"

"医生说，只能送到沼津疗养院。"

听到"沼津疗养院"，阿惠后背瞬时冰冷，那是比监狱还要恐怖的地方。

七

母亲去准备晚饭，阿惠留在储物间，想与阿美说说话。

"你知道爸妈杀了人吗？"她突然问阿美。

阿美摇摇头。

"我看到了，所以他们才会突然对我这么好，因为怕我说出去，更怕我去指证她们。"

"你会那么做吗？"阿美说。

"比起这个，其实我更多的是害怕，从一开始怕他们索性把我也杀掉，到后来，怕他们会不再对我好，我觉得自己其实更病态吧，居然会留恋这种虚假的温暖。"

阿美不讲话。

"其实我才是更应该发疯的那个人啊，因为我根本没有别的路可以走，难道我去报警吗，把他们抓起来，然后呢，把我们送进孤儿院？那说不定是更糟糕的世界。"

阿美眼神愣愣的，不讲话。

"既然可以这样粉饰太平地活下去，为什么不呢？"她冲阿美说。

阿美轻轻点点头。

"你也一样，你这么聪明，以后会遇到更好的人，见识更大的世界，我知道你现在痛苦得根本找不到继续活下去的理由，但你看我都找到活下去的方法了，你也一定可以的，相信我。"

阿美把头深深埋进自己的膝盖，不肯再抬起来。

阿惠叹了口气，走出门。

当晚她躺在柔软的床上，闭着眼睛，始终睡不着。她确实有许多担忧，也确实不知道母亲和继父会不会一直维持着虚伪的温暖。

但她没有别的选择，她只能向前走，直到走出困顿。

她又叹口气，翻了个身。

睁开眼睛，近在咫尺，是阿美的脸。

八

阿惠的尖叫声引来母亲和继父。

阿美扑上来时，她没能及时回击，只能大声尖叫，母亲和继父闯进来时，正看到阿美死死掐着阿惠的脖子，嘴里含混喊着"都是你害的！都是你！"

被架开后，阿美还死命地伸着腿踹她。

阿惠惊魂未定，坐起来看着她。

阿美一头黑发凌乱地散在肩头，冲她大吼大叫。继父边架着阿美离开她的房间，边让母亲给疗养院打电话。

"我们已经没办法再把她留在家里了。"继父说。

继父将阿美绑回储物室，与母亲坐在客厅。

阿惠坐到母亲身边："疗养院那边怎么说？"

"说会再派医生过来确认阿美是不是需要进院治疗。"

继父沉默许久。

"真的要把阿美送进去吗？一但进去，不疯也会被折磨疯的吧。"

"可她现在这个样子……"母亲唉声叹气。

继父抽完一根烟："送去吧，省得她伤害自己，也伤害我们。"

"那么宠着她护着她，倒宠出冤孽来了。"母亲禁不住掉眼泪。

"别哭了，去领申请表吧。"继父说。

母亲起身出门。

一直在储物间里哭喊的阿美，这时安静下来。

阿惠窝在沙发上睡着了，醒过来时，看到医生坐在她对面，母亲正在锁储物室的门。

"你就是……"医生看到她醒来，开口问。

"阿惠，大女儿。"

"那好，阿惠，关于你妹妹的情况你了解多少。"

"我并不了解太多，可今晚她试图杀死我。"

"杀死你？"

阿惠把双手放到自己脖子上："她想掐死我。"

"这样啊，还有别的异常情况吗？"

"别的倒还好，我们并不是太亲近。"

"哦，好的。"

之后又问了些阿惠听不太懂的问题。

医生合上文件夹，起身告辞，站在门口与母亲、继父说了什么，阿惠只听到"还是让她住院吧"之类。

九

第二天，阿美平静了许多。

母亲帮她梳洗好，阿惠拿了衣服给她穿，看着那些阿美的漂亮衣服，母亲又忍不住叹气。

"算了，别穿这些了，反正进去还是要换成病号服，穿了也是浪费，白白让人难过。"

妈妈拿了两件虽旧但宽松舒适朴素的衣服，给阿美换上。

"对现在的她来说，舒服最重要。"

阿惠看着阿美现在的样子，她看起来完全没有了被宠爱的样子，这些天的折磨让她迅速憔悴下去。

倒是阿惠穿着母亲前几周买来的新衣服，人生第一次像个娇嫩的少女。

"那就走吧。"母亲轻声说，继父拿了钥匙，走出门。

母亲扶着阿美，阿惠跟在后面。

"最后送送她吧。"母亲这样跟阿惠说。

阿惠收拾好书包，打算送完阿美便回学校上课。

一路安静，继父开着借来的车，母亲坐在副驾，手里拿着提前填好、已经传真过去的入院资料，阿惠和阿美坐在后排，她尽量离阿美远一些，好在阿美今天平和安静，一直缩在车的角落里，像是已经知道自己接下来的命运。

看着她的样子，阿惠有些不忍。

所有人都知道，进了沼津疗养院，便没有太多结局供你选择。

两个小时的车程格外煎熬，终于到达时，阿惠长长松了一口气，她转头看看阿美，阿美已更加平静，眼神如曾经一般清澈无害。

他们下车。

两个女儿站在中间，母亲和继父站在两边，继父拉着阿美的手，母亲拉着阿惠的手。

阿惠感觉到母亲手心在微微冒汗，到这种地方来，终究还是紧张的吧。

疗养院的医生与护工一起走出来，他们就要带走阿美了。

他们越来越近，为首的医生戴着口罩，看不到表情，但眼神坚毅。

被母亲传染，阿惠竟也紧张起来，看着气势汹汹的医生与高大强壮的护工，她不禁为阿美的未来担心，他们一定会让她吃许多苦头。

为首的医生便是那天来家里看诊的医生，他手中拿着母亲填过的申请表传真件。

"阿美，跟我们进去吧。"为首的医生说。

他冲阿惠说。

十

"我是阿惠，不是阿美！"阿惠解释道，转头看向两边的母亲和继父。

他们两个人的脸上同时露出无奈的表情，摇摇头，一副"她又犯病了"的样子。

"她是我们的小女儿，我们宠着她爱着她，却没想到把她养成这么脆弱的一个人，这么容易便疯掉，连自己是谁都忘掉了。"

"越是宠溺，便越是脆弱啊。"医生表示理解，招呼身后强壮的护工架起阿惠。

"倒是我们大女儿阿惠，虽然我们一直都没有好好对待她，她却长成了现在这样坚强勇敢，人生真的很难讲。"母亲揽过阿美的肩膀，笑着说。

"你们真的搞错了！妈！你跟他们解释一下啊！"阿惠回头大声喊，双脚不停乱踢。

就在这时，她突然惊悚地发现，自己没办法证明自己是阿惠。

她穿着漂亮的新衣，两颊因这段时间被好好照顾而粉嫩光滑，看起来完全就是一个被宠坏的少女。

此刻衣着朴素，一脸憔悴疲倦的阿美被理所当然地当作是从小不受重视的被暴虐对待的阿惠。

被护工们架在手中，衣着光鲜，看起来神采奕奕的阿惠则被认定是因为伤心过度已经疯掉的阿美。

"等一下。"是阿美的声音，护工们停下来。

"妹，你在这边好好治病，爸妈有我照顾，你不用担心。"她盯着阿惠的眼睛，阿惠看得出来，她在极力忍耐着笑意。

她冲阿惠挥了挥手中的书包，那是阿惠已经收拾整齐打算待会儿就背去学校继续上课的书包。

那一刹那，阿惠终于明白。

他们从一开始打算送进精神病院的就不是阿美，而是她。

她继续被护工们架着向疗养院里走。

他们早就想摆脱掉她这个不招人喜欢的大女儿，不想再继续为她付学费，不想再继续养她，却苦于《未成年人保护法》的日渐严苛而找不到合适的办法，直到阿惠不小心撞见他们的一次毁尸灭迹，他们才下定决心，必须除掉阿惠这个障碍。

只是简单粗暴的遗弃，不仅会因违反《未成年人保护法》而被调查怀疑，而且阿惠还是他们毁尸灭迹的目击者，就这么把她放出去，必然后患无穷。

最好的办法就是让她说的话再也没有任何可信度。

还有什么比证明她是个疯子更合适的呢。

于是他们一反常态地对她越来越好，让她以为自己抓住了他们的把柄，于是他们"不得不"对她好。

而阿美则非常严重地"失恋"了，不仅失恋，男友还死于非命，于是她崩溃，她发疯。

天知道那个他们口中的失恋是不是真的存在。

为了彻底摆脱她，他们步步为营、演技爆棚。

于是在这种状况下，阿美的生活常态、衣着打扮越来越像朴素艰困的她，而短时间内备受宠爱的她，衣着样貌则越来越像活在宠溺里的阿美。

阿美看起来是被常年暴力虐待的大女儿。

阿惠看起来是掌上明珠般备受宠爱的小女儿。

找来医生到家里确认是否需要住院，阿惠的话被用来当作她已经精神错乱到无法认清自己身份的证据。

一切就绪，只等疗养院门口的这一幕。

甚至连后续计划，他们都已经想好了吧？

接下来阿美会拿着阿惠的书包，到学校冒充阿惠继续上学，过一段时间，再随便找个借口退学或转学，这样便能不引起学校里任何人注意地让阿惠这个人消失在众人生活中。

他们一家三口的生活就可以重新回到正常的幸福的轨道。

完美计划。

阿惠成了无法认清自己身份的精神病人，阿美成了受尽苦楚却依然坚强勇敢的懂事大女儿，母亲和继父则成了为小女儿的发疯而惋惜不已的痛苦父母。

护工们已经架着阿惠走进疗养院大门，她终于想明白这段时间发生的一切。

她回过头，疗养院的大门正在慢慢关闭，母亲、继父和阿美三个人站成一排冲她微笑。

两扇大门之间的缝隙越来越小，彻底被大门隔开前，她看了他们最后一眼。

他们的笑脸看起来温暖又满足。

夜行列车

一

多年后，春枝还清楚地记得那个冰冷的傍晚，高梨透隔着审讯室空空的桌子露出似笑非笑的神情。

残留的冷漠夕阳穿过小小的窗口，打在他依然年轻英俊的脸上。

"不是我啊，怎么会是我呢？"他斜着眼睛，左边嘴角微微上扬，"就算是记者也不可以乱讲话的哦。"

"我们在说的是一条人命，人命啊，这对你来说，难道就一点意义都没有吗？"春枝死死盯着他。

他又笑了，无可奈何般地低下头。

"那又如何？他们已经没办法了，不是吗？"他摇摇头，满不在乎地长出一口气，"你们没有证据，不是吗？"

他一字一顿地说。

春枝知道自己已经败了。

她从警局走出来，沼津已经进入雨季，每天傍晚都会下一场爆裂短暂的雨，她呼吸着山雨欲来的潮湿空气，疲惫地走向地铁站。

三个月前，一段用手机拍的简单视频突然变成网络热门话题。视频中，几个高中生模样的男生正在围殴一个瘦弱苍白的男生，被围殴的男生一开始还能勉强站立，但很快就在几个人连番的拳打脚踢下，倒了下去，他抱着头缩在墙角，任由那几个男生殴打，再没有站起来过。

几个男生边打边讲脏话咒骂被打男生，听得出无非是青春期男生为女生争风吃醋的鸡毛小事，拍视频的男孩在一旁兴奋地煽风点火，镜头都在微微颤抖。

为首的男孩站在包围圈中间，冷冷地看着脚下的男孩，扬起左边嘴角笑笑，然后狠狠一脚踹下去。

视频一经上传，便立刻引起网民关注。

从一开始的"人肉他们"到后来的"可怜之人必有可恨之处，被打的男孩也一定不是什么好人"，种种议论，热闹非常。

很快，打人男孩的身份被查明，是沼津一中今年的毕业生，刚刚参加完高考，正在度过无所事事的暑假，为首的就是高梨透。

被打男生是他们隔壁班的永岛。

永岛学习中等，来自单亲家庭，高梨透不学无术，父母都是生意人。

永岛向来温和内敛，高梨透一贯嚣张跋扈。

由他们共同的同学出面爆料，说事情不过就是高梨透喜欢永岛班里一个女孩，而那女孩却喜欢着永岛，高梨透追求女孩不成，恼羞成怒，迁怒永岛，遂导致视频中打人事件发生。

一时间网络再次沸腾。

竟因为这种事便对同学下如此狠手，网民舆论几乎一边倒地要求严惩打人者，警方也迅疾逮捕了几个打人的男孩。

几个男孩众口一词地宣称是高梨透强迫他们做的，他们是迫于高梨透的压力，才不得不配合他一起打人，他们是冤枉的。

至此，这还只是一起校园暴力事件，但后续发展远出乎人们预料。

春枝当时接到采访双方家长的任务，高梨透的父母拒绝接受采访，永岛的母亲早已去世，父亲大泽接受了春枝的采访。

大泽是高中老师，面对镜头，几乎无法抑制自己的情绪，激动得脸部肌肉变形，看起来绝望又狰狞。

"我无法接受这样的事情，我最重要的儿子竟被他人这样折磨，如果他们没有被严惩，我是不会罢休的。"大泽激动地盯着镜头，几乎流下眼泪。

春枝也点点头，表示理解父亲的心情。

永岛始终在自己房间，没有出现，春枝也没有再争取。

一个月后，舆论渐渐平息，打人的男孩都结束拘留，回到家中。春枝也一早就料到事件会是这样的结果。

网民的热情终究会消退，虽然打人者都已经年满十八岁，但若是警方未把这个案件定性为霸凌、故意伤人，而是定性为打架斗殴，那几个人根本不会受到多严厉的惩处，我国从人到法，向来都不认为小孩打架是多么严重的事情。

况且永岛又没有受重伤，况且高梨透还有个这样富裕的家庭背景。

时过境迁，息事宁人。

网络时代的热点一天一换，没人会记得那个被打的男孩后来怎么了。

一个小的报道而已，春枝本已经不打算关注。

可就在高梨透等人恢复自由的当天，永岛失踪了，他最后一次被人看到是被几个人劫上了高梨透的车。

就此消失。

二

五年前，小午应征做列车员，被分配到沼津去仙临镇的火车上，每天只有一趟来回，乘客不太多，日子清闲规律，没事时，小午就偷偷找个座位坐下来，拿出素描本，画遇到的乘客。

他已经不记得是第几次见到那位老人，永远在5车厢7A座位。

据前辈说，他们也不知道老人是从哪一年开始出现的。

那位老人总会在每个周日准时出现，早晨八点去仙临，下午三点回沼津，从不迟到缺席，比小午还要准时，偶尔小午有事请假，还会特意问问代班的同事，老人是否有按时往返，答案都是肯定的。

真妙啊。

五年了，老人已经老到时光在他身上停滞，他的皱纹没有变得更深，眼神也没有变得更浑浊，他每周悄然而来，又悄然离去，不带行李，也没有亲朋陪伴。

小午忍不住猜测他的身份，猜测他的人生，猜测他每周去仙临做什么。

老人虽已年老，但气度魅力依然还在，若说器宇轩昂，也是不过分的。

小午忍不住在脑袋里构想了种种可能，每一个都传奇无比。

有一天车上事务很快处理完，小午走出车站时，正好看到老人也出了站，实在忍不住好奇，小午便远远地跟在老人身后不远处，想看看他每周这样一身轻松地来到仙临究竟做了什么。

可老人所做的比他想象中无聊得多。

老人一天的活动范围都没有远离仙临车站。

仙临是小镇，车站本就很小，老人下车后，先是在候车室门口坐了一会儿，又去车站门口的长椅上坐了一会儿，午饭是自己带的便当，午后，又悠闲地绕着仙临车站走了一圈，不时蹲下来看路边野花野草，逗流浪猫狗，一派轻松度假的样子。

就这样而已？

他每周坐两个小时火车，就为了在仙临散个步？

小午觉得失望极了。

下午快到上班时间，小午回到车上，边做准备工作，边暗暗思忖，这太奇怪了。

仙临虽为小镇，却离风景如画环境秀丽差得远，沼津随意一条街道都比它清丽俊俏百倍，这个老人每周过来，散五个小时的步，到底是为什么？

难道真的就只是闲情逸致而已？

疑惑像雪球越滚越大，小午始终想不通。

他转身看向车窗外面，老人正慢慢向火车走来，他注视着老人上车，找到座位，坐下来。

要不要去问问呢？

小午犹豫。

他边巡视车厢、行李架，边想着。

老人所在的 5 号车厢今天只有他一个人，小午从车厢走过，走进下一节时，突然听到身后传来隐忍但剧烈的哭声。

转过身来，看到老人竭尽全力也没能忍住的眼泪掉了下来。

三

永岛失踪了。

他的父亲大泽很快报了警。

目击证人一个接一个地冒出来。

有人看到高梨透带着一群人在校门口把他劫上车，有人看到他们的车子向着沼津郊外驶去，有人看到他们几个都凶神恶煞的样子，有人看到永岛害怕颤抖的样子……

但永岛被他们带去了哪里？

那辆劫走永岛的车属于高梨透，他当时也在车上，警方在车上找到一根头发，检测过后，发现是永岛的头发，车上还有被清理过的血迹，以及挣扎的痕迹。

"是高梨透干的！一定是他干的！是他杀了我儿子！我最重要的儿子！我已经没有妻子了！现在连儿子都没有了！"大泽站在警局门口接受记者采访，说到激动处，忍不住叫喊起来，记者们忍不住都皱起眉头。

"我一定要让他血债血偿！"大泽失去控制一般大喊。

春枝站在记者群中，看着哭到脸变了形的大泽，心生不忍。

舆论再次发酵，网络和现实都一片沸腾。

警方加大警力，地毯式地搜寻永岛，却始终没有找到，活着或死掉的，都没有。

永岛彻底消失了。

警方一筹莫展，一方面他们顶着上头"尽快破案平息舆论"的压力，一方面又要面对各方媒体的轮番攻击，更重要的是，高梨透始终不承认自己做了任何伤害永岛的事情。

他态度嚣张，对警方的审讯不屑一顾。

"当然不是我啊，我可是刚刚才恢复自由呢。

"就算是警察，也不能诬陷好人呀。

"我带他去做什么？当然是赔礼道歉啊，毕竟之前是我带人打了他嘛，正式的道歉总还是要的呀，这是有教养的人应该做的，你们怎么会不懂呢。

"车上的头发？当然是他的啊，这很正常呀，每个人每天都会掉几十根啊。

"警察有本事的话，就应该找到他的尸体啊，找到是我杀了他的证据啊，没找到的话，请不要乱讲，好吗？"

他脸上总是带着那似笑非笑的蔑视神情，仿佛他根本就瞧不起眼前的一切，一条人命的消失对他来讲，也根本是不值一提的事情。

审讯视频不知通过什么渠道，被发布到网上，人们被他嚣张的态度彻底激怒，纷纷呼吁应该重判他。

可关键是，永岛的尸体依然没有被找到。

永岛最后一次出现是上了高梨透的车，从此再也没有出现。

但没有证据能证明高梨透杀了他，甚至没有证据能证明高梨透绑架了他。

只要没有找到永岛的尸体，这个案子就始终不能立案，不能立案，不要提重判高梨透，根本连提起公诉，都是做不到的。

春枝的丈夫小野在警局工作，负责这次案子的外勤工作。

他们派出了大量警员，一个区一个区地搜索，一条街一条街地走访，一平方米一平方米地翻找，沼津以及沼津周围的城镇，全都搜索一遍，却始终没有找到永岛的尸体。

若是再找不到永岛的尸体，那便只能释放被暂时扣押的高梨透。

"现在警局已经焦头烂额，他们希望永岛的尸体赶紧被发现，这样就能顺利交差，对上头，对公众，可永岛就真的这样彻底蒸发了，高梨透到底用了什么手法，即便是碎尸，即便是冲进下水道，也不可能没有痕迹啊，太奇怪了。"小野一筹莫展地和春枝说。

春枝拍拍他的肩膀："突破口还是得放在高梨透身上吧？"

小野嗤笑一声："提到那个小浑蛋，我就生气，从没见过他这么冷静的罪犯，摆明了就是他干的，可就是死活不说，无论我们怎么施加压力，他都不为所动，在拘留所里，每天看书读报做运动，根本不在乎我们的种种审讯，真想知道他爸妈是怎么教的他。"

"那这件事就只能这样了吗？"

"不然呢，永岛的父亲大泽最近一直在媒体出现，到处哭诉自己失去儿子的悲痛，指责警方的不作为，一个高中老师，跟个新闻明星似的，可媒体也有倦怠，你不能总拿一样的东西去搪塞他们，现在已经越来越少有媒体愿意接待大泽，毕竟没有证据证明人就是高梨透杀的。上头也不再施加压力，案情始终没有进展，这案子从一个高关注度的热门案件，已经越来越变成烫手山芋，没什么人愿意接。"

"真是……太可怜了……"

"我今天看到永岛高考后填报的志愿表，全都是以他的成绩无法考上的超级名校，这孩子也是太可怜，还心存着那么多理想，年纪轻轻就这样没了。"

春枝想了想："不然让我试试？"

"你？"小野疑惑地看着她。

春枝第二天就得到了与高梨透对话的机会，便是开头那一幕。

但她同样败下阵来，不论是从审讯角度，还是从采访角度，都失败得格外彻底。

很快，随着案件进展的停滞，网络叫嚣重判的那些人都尴尬地不再发声，警方一筹莫展，媒体有了其他新的热点。

高梨透终于被释放。

就在他被释放的当天，大泽再次登上了新闻头条。

四

仙临返回沼津的火车上，老人突然望着车窗外大声痛哭。

小午回身走过去，坐到老人对面。

"您还好吗？"小午轻声问。

老人不知所措地擦掉眼泪，深深呼吸，头慢慢地转过来："没事……没事……"

"常常看到您周末过来啊。"

"嗯。"

"来祭拜亲人吗？"

老人沉默。

小午感觉到了自己的僭越，果然还是没能掩饰住自己已经燃烧了一天的八卦之魂，于是站起身来："如果需要帮助，请一定告诉我。"说完站起身想离开尴尬现场。

"那个……"老人突然出声，小午站住，"您在这里工作多久了？"

"五年多了吧。"小午回答。

"还要工作多久呢？"

"不出意外的话，还有二十五年，直到退休。"

"二十五年啊……"老人暗自盘算似的，"那能请您帮我个忙吗？虽然有点过分。"

小午重新坐下来，看着老人："您发生什么事了吗？"

老人突然露出一个寂寞的笑容："要是有人找我，能不能请你把这个交给他。"老人递过来一个信封。

信封上什么都没写。

"您不能自己给吗？"

"我怕我以后都不能再来了，我的身体已经……算了……"

"那我怎么知道会是谁来找您呢，或者怎么知道找的是您呢？"

"会知道的……会知道的……他会坐在我对面的位置等我……一定会的……"老人轻声念叨着。

五.

大泽在警局门口拦住了高梨透，像个真正的疯子一样拦住了高梨透。

他的癫狂，他的绝望，他一眼便知的痛苦，被在场所有记者、警察和围观民众全都看在眼里。

那天高梨透被释放，他刚一出警局便被蜂拥而至的记者围住，春枝自然也在其中。

"我始终相信法律会还给我公道和自由，从没担心过呢。"高梨透依然风度翩翩，说完这句话，就在随行人员的护送下，离开了警局。

他并没有注意到人群的外围，有一双注视着他的眼睛。

春枝后来回想，为何高梨透会那么嚣张，那么不屑一顾，那么自信满满。

她始终想不通。

因为他有钱的父母吗？

因为他聪明过人想出了躲过警方侦查的高明杀人手法吗？

这样便可以如此心安理得地将他人生命视若草芥吗？

那是春枝第一次对自己所处世界、对自己所从事的职业、对自己所追求的理想产生怀疑。

如果生命和正义都可以这样被权力、金钱践踏，那我们坚持的一切又有什么意义呢？

春枝想不通，更糟糕的是，不像曾经的每一次困惑，这一次她觉得自己或许终其一生也无法想通了。

她没有再凑上去采访高梨透，而是转身回了家。

该问的、想问的，全都已经问过，她没有继续留下来的理由。

当晚她就收到了大泽大闹警察局的消息。

当天在警局门口，高梨透仍旧带着满脸的不在乎如同一个大明星一样地边走边接受着记者访问，他的父母走在他身旁，保镖则站在不远处。

大泽冲出来的时候，所有人都没反应过来，他举着一桶成分不明的红色液体，穿过人群，费尽力气地挤到高梨透面前，举起桶，对着他的头倒了下去。

高梨透瞬间就被腥臭的红色液体盖住了全身。

"还我儿子啊！"大泽面目狰狞地喊叫着，想要继续攻击高梨透。

身后的保镖冲上来，挡住了疯狂的大泽。

记者们一愣，旋即闪光灯大亮，对着癫狂的大泽和满身腥臭的高梨透拍了起来。

高梨透叹了口气，抬头对记者说："他们一家当然很不幸，但我也是受害者，我明明什么都没做，却被打扰到这种程度，多亏我们有这么好的警察，才没有酿成冤案，我也希望永岛的案子能早日侦破。"

大泽的哭喊声已经越来越远，听起来如同某种绝望的兽类，带着不管不顾的英勇和同归于尽的杀意。

而高梨透虽然满身腥臭，满身狼狈，但依然微笑，依然得体。

春枝觉得这样的高梨透太可怕了。

十八岁的他像个成熟的政客一样，游刃有余地应对着记者们的长枪短炮，她不敢想象他再长大一些、更懂得人间残酷一些、更成熟狡诈一些之后，会变成什么样的大人。

案件至此已经没有回转余地，永岛失踪了，大泽发了疯，高梨透被无罪释放。

这个贫穷的单亲家庭就此覆灭，高梨透一家却仍旧安然无恙，生活几乎没受到任何影响地继续下去。

就这样了吗？

春枝想不通，春枝真的想不通，为什么法律是这样的，为什么人类是这样的，为什么世界是这样的。

人生三十年，她头一次觉得她曾经坚守过的一切都如此脆弱、如此不堪一击。

这是幸运，还是不幸呢？

春枝抬头看看沼津雨季的天空，长长地，叹了一口气。

六

春枝回到家时，看到小野正坐在一片黑暗的客厅里抽烟。

"你怎么了？"

"我在想有没有可能是我们都错了。"

"你……什么意思？"

"会不会从一开始高梨透就是想要帮助永岛，而非伤害永岛，会不会他一开始的目标就是永岛的父亲大泽。"

春枝更加听不懂他的话。

"我今天去了一趟沼津一中，发现永岛的高考志愿是被篡改过的，从原本适合他成绩的大学，改成了那些他绝对不会被录取的超级名校，有老师能证明，是大泽去改的。"

"可……这又能说明什么？"

"这其实只是一个很小的不自然，但一个小小的异常往往能带出更大的异常，我顺着这条线查下去，发现了很多……意料之外的事情。"

春枝未曾料到丈夫会在这里发现异常，在他身旁坐下来。

"大泽私自篡改永岛的志愿表，改成那些永岛绝对不可能考上的超级名校，是不是说明他根本就不想让儿子离开他，这种'不想'已经病态到以毁灭儿子前途为代价也要达成的地步。"小野表情凝重，"你觉不觉得这其实是一种很可怕的病态心理。"

春枝说不出话来。

她从未想过这个可能，可现在想来，大泽从头到尾确实都呈现着一种极其亢奋的病态，直至最后真正发了疯。

"大家的调查目标一直都集中在寻找高梨透的犯罪证据，却始终没人去细细追查永岛这边的情况，我是到了今天才从永岛的邻居家得知，他们家时不时就会传出隐约的哭喊声。"

"难道永岛其实一直遭受着来自大泽的家庭暴力？"春枝想到大泽癫狂的脸。

"不，应该不只是暴力。"小野语气沉郁。

据邻居透露，自从永岛的母亲去世后，永岛就像变了一个人，不敢和人对视，不敢与人有肢体接触，不敢和人多讲话，甚至不敢出门又不敢回家。

小野注视着春枝："这些可全部都是青少年被猥亵后的典型表现。"

"你的意思是说，永岛被大泽……"春枝不敢继续说下去。

"还有，大泽的妻子也是在某天突然就在家里吞安眠药自尽，死后尸检报告指出她身上有许多不致命的外伤，我怀疑她长期遭受着大泽的暴力对待。"

"暴力……"春枝越听越害怕。

"会不会我们一直以来都调查错了方向，犯罪的并不是高梨透，而是大泽。"小野说出了惊人的话。

"真的是……这样吗？"

"我不知道，我没有找到证据，至少没有找到直接的、足够立案侦查的证据，我说的这些全都是猜测，全都只是可能，我始终没能找到证据。"小野叹了口气。

"跟我说说你的猜测吧。"春枝轻声说。

"永岛和高梨透他们两个先是设计网络视频事件，然后当众让永岛上了高梨透的车，就此消失，让所有人都以为是怀恨在心的高梨透杀害了永岛，并且还完美地处理了他的尸体。"

春枝想象两个男孩子是怀抱着怎样的心情做下这些事。

他们难道在不被人知晓时，已经结下如此深厚以至为对方付出声誉乃至生命都在所不惜的感情？

"可实际上，永岛只是远走他乡了而已。"小野说。

要找到尸体容易，要找到活人难，尤其是要找到永岛这种不是罪犯所以无法签发通缉令的人，更是难上加难。

"只要永岛没被找到，高梨透就不可能被立案、定罪，对吗？"春枝问。

"对，就是这样。"小野说。

春枝觉得可怕，如若这一切当真从一开始就是他们步步为营地计划好的，那这两个少年的心思之深，简直只能用可怕来形容。

他们利用警察，利用媒体，利用大众舆论，只为从恶魔手中逃离。

他们的每一步都如此艰辛而危险，稍有不慎，便是满盘皆输。

但即便如此，他们竟然真的走了过来。

"如果……我是说如果，这一切都是真的，那高梨透会被定罪吗？"春枝问。

"我不知道。"小野再次叹了口气，"这种假设根本没有意义，就像我此刻的猜测一样，没有证据，一切都没有意义。"

"那接下来呢？"

"如果我的推测是真的，那接下来他们两个大概会在某个隐蔽的地点汇合，然后远走高飞吧。"

两人都不再说话，陷入长久的沉默中。

春枝愣愣地坐在客厅晕黄的灯光下，疑惑、不解、悲凉像一棵大树在她心底破土而出，再也没有死去。

七

从老人痛哭失声后，已经过去一年多，老人再没有出现过。

小午又回到规律清闲的日子，直到有一天5车厢8A座位又出现了一位清瘦苍白的老人，他每个周日都会坐在那里，也就是曾经那位老人的对面位置，那是个苍老异常的老人，这样持续了两个月，小午终于忍不住。

那天小午走过去，坐下来。

"您是在等人吗？"

清瘦老人有点吃惊地看着他，点点头。

小午从随身包里取出另一位老人留给他的信："是他吗？"

清瘦老人接过信，打开来，边读边流眼泪，打湿了火车小小的桌板。清瘦老人终于读完，低头掩卷，深呼吸许久，终于平静下来。

"您知道这个地址在哪里吗？"清瘦老人指着信纸上的一行字问小午。

小午低头看过，发现那是沼津的公墓。

"嗯，知道的。"

"可以麻烦您带我过去吗？拜托了，我的腿脚不是很灵便。"清瘦老人诚然恳求。

小午点点头。

车行不到一个小时，他们到达了公墓。

清瘦老人找到一个墓碑，小午看过去，发现上面的照片就是曾经每周过来报到的那位老人。

清瘦老人在墓碑前蹲下来。

"是我失约了，对不起啊。"他轻轻说。

小午看着他的背影，一时竟心酸得讲不出话。

"我那个时候只想逃，逃得远远的，再也不回来，再也不用面对旧日痛苦，而你……你也是我的旧日啊，一想到你，就会想起曾经他曾对我做过的事，你曾为我做过的事，那都是我再也不想记得的事情，再也不想记得的事情啊……对不起……对不起啊……你被释放那天，我就该在去仙临的车上等你了，可我真的太想要彻底摆脱曾经过往的一切，包括你……对不起啊……让你等了那么久……那趟列车你坐了多少次啊，最后也没能让你等到我，真的是……对不起啊……

"遇到你之前，我一直生活在黑夜里，妈妈已经被他害死了，我早晚也会被他害死的，我多想离开这片好像没有尽头的黑夜，可我走不掉，我怎么也走不掉，我所有机会都被他毁掉了。我原以为你能救我出黑夜，却不知道原来我也将你扯进了黑夜中……都是我的错啊……

"我也遭了报应啊……我那么想逃走，以至连你也一并舍弃，结果我这一生都在逃亡，明明已经没有人追我迫我，没有人害我恨我，我却再也没办法停下脚步，没办法好好去爱别人，没办法拥有家庭，总是想要逃开温暖、逃开羁绊、逃开所有的爱，我这一生啊，原本就是逃亡的……

"我真的曾经自私地觉得我可以离开他，离开你，离开沼津，离开过去的一切，重新来过，可我的过去是我，我的罪恶是我，我的痛苦是我，我的煎熬是我，那全都是我，我怎么可能把自己劈成两半呢？

"我终于想通了啊，我终于想见你了啊……对不起……

"我好想你……"

清瘦老人终于低下头暗自垂泪。

许久后，小午送老人去了宾馆，自己也回了家。

奶奶还没睡，等他回家，帮他热菜热饭。

小午把今天的奇遇告诉奶奶，告诉她，自己帮助两个老人久别重逢，他们一个在车上等了一辈子，一个在外面逃了一辈子，虽然不知道他们究竟有过什么样的人生，但真是让人忍不住心生悲凉的两个老人。

奶奶停住脚步，转过身来。

"你说你带他去了公墓？"

"是啊。"

"你知道他们叫什么吗？"

"清瘦的那个不知道，但墓地里埋葬的那个老人的墓碑上有写名字。"

"是什么？"

"是个怪怪的名字……叫高梨透，怎么，是奶奶认识的人？"

那就是永岛回来了吧。

春枝放下热好的饭菜，回身走进厨房，对着沼津深深的夜，长长地，长长地叹了一口气。

一个受尽苦难，无力挣脱。

一个蔑视一切，无法无天。

他们在这个旷达寂静的人世间相遇、同行、并肩作战。

他们在无望的、透心彻骨的挣扎里四散逃亡，再没相逢。

他像逃避不堪的前生前世，逃避着他的保护和眷恋。

他像等不到爱的小王子，执着地守望着沼津到仙临的日出日落。

春枝突然间明白了他第一次见高梨透时，他那个无可奈何的微笑。

他们太早看清人间荒芜的本质，又太晚明白彼此相依为命的难能可贵。

人类生命，荒唐渺小，如草如木，转瞬一生。

窗外的夜依然沉默如旧，一生两世，便就这样过去了。

出品／上海最世文化发展有限公司
官方网站／www.zuibook.com
平台支持／最小说 ZUI Factor

夜行列车

ZUI Book
CAST

作者／ 梅骁

出品人／郭敬明

项目总监／痕痕

监　制／毛闽峰　赵萌　李娜

特约策划／卡卡　董鑫　张明慧

特约编辑／孙宾　孙鹤

设计师／山川

图书在版编目（CIP）数据

夜行列车 / 梅骁著 . — 长沙：湖南文艺出版社，2017.8
ISBN 978-7-5404-8164-3

Ⅰ.①夜… Ⅱ.①梅… Ⅲ.①中篇小说 — 小说集 — 中国 — 当代②短篇小说 — 小说集 — 中国 —
当代 Ⅳ.① I247.7

中国版本图书馆 CIP 数据核字（2017）第 147516 号

上架建议：推理·爱情

YE XING LIECHE
夜行列车

作　者：梅　骁
出 版 人：曾赛丰
出 品 人：郭敬明
项目总监：痕　痕
责任编辑：薛　健　刘诗哲
监　制：毛闽峰　赵　萌　李　娜
特约策划：卡　卡　董　鑫　张明慧
特约编辑：孙　宾　孙　鹤
营销编辑：杨　帆　周怡文
设 计 师：山　川

出版发行：湖南文艺出版社
　　　　　　（长沙市雨花区东二环一段508号　邮编：410014）
网　址：www.hnwy.net
印　刷：三河市中晟雅豪印务有限公司
经　销：新华书店
开　本：880mm × 1230mm　1/32
字　数：181 千字
印　张：8.5
版　次：2017 年 8 月第 1 版
印　次：2017 年 8 月第 1 次印刷
书　号：ISBN 978-7-5404-8164-3
定　价：32.80 元

质量监督电话：010-59096394
团购电话：010-59320018